CLÁSICOS
CASTALIA

LA VIDA DE
LAZARILLO
DE TORMES

D0729995

COLECCIÓN DIRIGIDA POR
PABLO JAURALDE POU

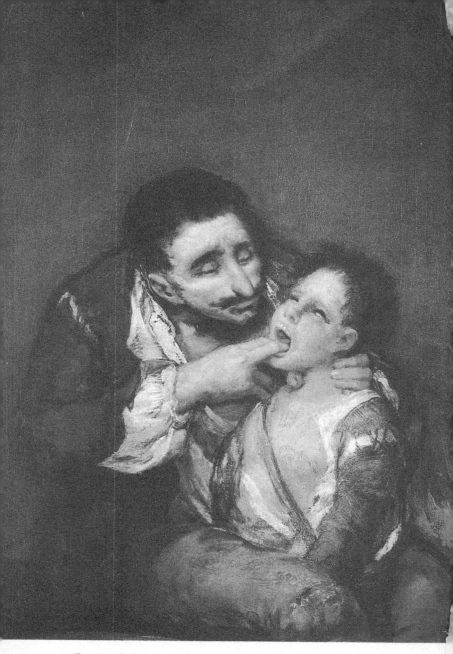

Francisco de Goya: *Lazarillo de Tormes* (h. 1808-1812). Colección particular.

LA VIDA DE LAZARILLO DE TORMES
Y DE SUS FORTUNAS Y ADVERSIDADES

EDICIÓN, INTRODUCCIÓN Y NOTAS DE
ALBERTO BLECUA

**CLÁSICOS
CASTALIA**

CASTALIA EDICIONES es un sello propiedad de edhasa

Avda. Diagonal, 519-521
08029 Barcelona
Tel. 93 494 97 20
E-mail: info@edhasa.es

Consulte nuestra página web:
http://www.castalia.es
http://www.edhasa.es

Edición original en Castalia: 1972
Primera edición: diciembre de 2011
Primera edición, segunda reimpresión: enero de 2017

© de la edición: Alberto Blecua
© de la presente edición: Edhasa (Castalia), 2011

Ilustración de cubierta: Diego Velázquez: *Vieja friendo huevos* (h. 1618, detalle). National Gallery of Scotland, Edimburgo.

Diseño gráfico: RQ

ISBN 978-84-9740-444-0
Depósito Legal M-35345-2011

Impreso en Prodigitalk
Impreso en España

SUMARIO

INTRODUCCIÓN CRÍTICA   7

    I. Fecha de impresión   7

    II. Fecha de composición   9

    III. Realidad, folklore y verosimilitud   16

    IV. Fórmula autobiográfica   22

    V. Construcción e interpretación   25

    VI. El estilo   38

    VII. El autor   44

    VIII. Difusión e influjo   46

    IX. Problemas textuales y criterio de la pre-
        sente edición   48

NOTICIA BIBLIOGRÁFICA   71

BIBLIOGRAFÍA SELECTA   73

ABREVIATURAS Y LIBROS CON MÁS FRECUENCIA CITADOS
EN LAS NOTAS   76

NOTA PREVIA   79

LA VIDA DE LAZARILLO DE TORMES, Y DE SUS FORTUNAS
Y ADVERSIDADES

    Prólogo   87

    Tratado primero: *Cuenta Lázaro su vida y cúyo
    hijo fue*   91

    Tratado segundo: *Cómo Lázaro se asentó con un
    clérigo y de las cosas que con él pasó*   113

    Tratado tercero: *Cómo Lázaro se asentó con un
    escudero y de lo que le acaesció con él*   129

    Tratado cuarto: *Cómo Lázaro se asentó con un
    fraile de la Merced y de lo que le acaesció
    con él*   156

Tratado quinto: *Cómo Lázaro se asentó con un buldero y de las cosas que con él pasó*   158

Tratado sexto: *Cómo Lázaro se asentó con un capellán y lo que con él pasó*   170

Tratado séptimo: *Cómo Lázaro se asentó con un alguacil y de lo que le acaesció con él*   172

VARIANTES DE LAS TRES EDICIONES DE 1554 DE *El Lazarillo de Tormes*   178

ÍNDICE DE LÁMINAS   186

INTRODUCCIÓN CRÍTICA

I. FECHA DE IMPRESIÓN

A 1554 se remontan las tres primeras ediciones conocidas de *La vida de Lazarillo de Tormes, y de sus fortunas y adversidades* y fueron impresas respèctivamente por Juan de Junta en Burgos, por Martín Nucio en Amberes y por Salcedo en Alcalá. Esta última, que se presenta como *segunda impresión* corregida y *de nuevo* ["por primera vez"] añadida, se terminó de imprimir, según reza su colofón, el 26 de febrero del citado año. Los cambios que sufre el texto de la edición de Alcalá son a todas luces apócrifos[1] y todo hace pensar que se tratan de correcciones y añadidos llevados a cabo por el propio Salcedo para dar cierta novedad al texto y poder así competir con otras ediciones.

Al año siguiente, otro impresor antuerpiense, Simón, reedita la obra y ya no volveremos a encontrar ninguna otra edición hasta años más tarde. La obra había sido incluida en el tristemente célebre *Indice* de 1559, y cuando se imprime en 1573, el benemérito preparador de la edición, Juan López de Velasco, alude a una cierta difusión del libro fuera de España ("aunque estaba prohibido en estos reinos, se leía e imprimía de ordinario fuera dellos").[2] No sabemos en qué lugares

[1] Vid. p. 57, n. 97 de la presente introducción.
[2] Ap. *La vida de Lazarillo de Tormes...*, ed. crítica, prólogo y notas de José Caso González, *BRAE*, Anejo XVII, Ma-

del extranjero se imprimió el *Lazarillo* durante su prohibición, pero lo cierto es que tales textos nos son des-
conocidos y, si los hubo, no han dejado descendencia
alguna, porque todas las ediciones posteriores a 1554
se remontan en última instancia al texto impreso por
Nucio en Amberes.

Como los tres textos de 1554 presentan numerosas
variantes entre sí, los críticos han intentado resolver el
problema de la filiación de las tres ediciones con mayor o menor eficacia. Para no fatigar al lector no es-
pecialista, he preferido dedicar el último capítulo de la
introducción al estudio minucioso del problema textual
y exponer aquí tan sólo las conclusiones. Un cotejo
detenido de las ediciones de 1554 demuestra que existió una edición *X* perdida de la que deriva Burgos (*B*)
por una parte, y por otra un texto impreso perdido *Y*
del què a su vez proceden Amberes (*C*) y Alcalá (*A*).
Al de Amberes, como ya hemos indicado, se remontan
las ediciones posteriores:

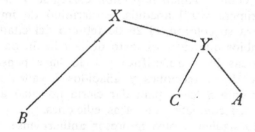

No es imposible que haya habido más textos perdidos entre *X* y *B* y *X* e *Y*, pero su existencia es inde-
mostrable. Si los hubo, su número sería reducido. Los
textos perdidos *X* e *Y* verían la luz muy probablemente
en 1553, quizá en 1552, pero no en fecha más temprana. El lugar de la impresión de *X* nos es descono-

drid, 1967, p. 19. Modernizo la ortografía, puntuación y acentuación del texto, como haré con todas las citas que aparezcan
a lo largo del presente libro.

cido. Es posible que este texto estuviera impreso en
caracteres góticos por lo que habría que descartar a
Amberes y dirigir nuestra atención hacia las prensas
españolas. Sí es seguro, en cambio, que no fue Nucio
el primer impresor de la obra porque su sistema de
puntuación difiere del utilizado en *X* e *Y*.

II. FECHA DE COMPOSICIÓN

Pocas son las referencias históricas precisas que aparecen en el *Lazarillo*. En una ocasión se alude a la
desdichada campaña de los Gelves, que tuvo lugar en
1510; en otra, muy vagamente, al rey de Francia, que
algunos críticos interpretan como referencia a la prisión
de Francisco I —de febrero de 1525 a febrero de 1526—
después de la batalla de Pavía; finalmente, la acción
se cierra cuando el "victorioso emperador", Carlos V,
celebró Cortes en Toledo, durante las cuales "se hicieron grandes [fiestas y] regocijos".

La crítica ha centrado su discusión en esta última
referencia a las cortes de Toledo, puesto que la expedición a los Gelves es anterior y la alusión al rey de
Francia poco concreta. [3] Carlos V celebró cortes en Toledo en dos ocasiones con anterioridad a la fecha de
publicación del *Lazarillo*: en 1525 y en 1538-39. Como
el anónimo autor prodiga las referencias a la edad de

---

[3] "...en aquel tiempo no me debían de quitar el sueño los
cuidados del rey de Francia" (p. 123). Cf. el siguiente pasaje de
Villalobos: "Acuérdome que Hernando de Vega, mi amigo, solía
decir que se maravillaba mucho del rey de Francia cómo no
despertaba todas las noches con cuidado que le había de tomar
su reino, porque en toda Francia no hay un hombre de pie que
sepa tomar el cuchillo en la mano. Agora dicen que se hacen
allá cuarenta mil soldados de tierra, que verles hacer reseña es
graciosa farsa, y ellos se van muriendo de risa de sí mesmos."
(Francisco López de Villalobos, *Los Problemas*, ed. A. de Castro en *Curiosidades bibliográficas, BAE*, XXXVI, p. 412*b*. El
rey de Francia aparece mencionado también en varios proverbios (vid. *La vida de L. de T.*, ed. R. O. Jones, Manchester,
1963, p. XV).

su personaje, es fácil trazar una cronología interna. [4] Según ésta, si Lázaro contaba ocho años al morir su padre en los Gelves y unos veinticinco al concluir su narración, las cortes de Toledo no pueden ser otras que las celebradas en 1525. Como hubo, sin embargo, otra expedición a los Gelves, en 1520, dirigida por Hugo de Moncada, la cronología interna nos llevaría a las Cortes de 1538-39. [5] A esta última hipótesis se opone el que la expedición de 1520 no tuvo la importancia de la primera, [6] ni las Cortes de 1538-9 se celebraron con tanto festejo como las anteriores, porque Carlos V acababa de firmar la tregua de Niza poco favorable a los españoles y la emperatriz moría en Toledo al dar a luz un hijo muerto. [7] Estos últimos argumentos parecen los más sólidos para situar las Cortes en 1525, aunque, de hecho, cuando Lázaro cuenta ocho años su padre va a "*cierta* armada contra moros"; es su madre quien más adelante identificará esta armada con la campaña de los Gelves, y no sabemos si, en efecto, se trata de aquella "cierta armada" o, lo que es

[4] Vid. sobre este punto E. Cotarelo ("Refranes glosados por Sebastián de Horozco", *BRAE*, II [1915], pp. 684-687); Alfredo Cavaliere (*La vida de L. de T.*, Nápoles, 1955, p. 10); Martín de Riquer (*La Celestina y Lazarillos*, Edit. Vergara, Barcelona, 1959, pp. 81-82); Francisco Rico (*La Novela Picaresca Española*, I, Edit. Planeta, Barcelona, 1967, pp. X-XI); y Jesús Cañedo ("El *curriculum vitae* del pícaro", *RFE*, XLIX [1966], p. 128). Citaré el texto de F. Rico como *NPE*.

[5] Vid. la introducción de Marcel Bataillon a *La vie de Lazarillo de Tormes*, París, 1958, p. 17, reproducida ahora en *Novedad y fecundidad del L. de T.*, Anaya, Salamanca, 1968, p. 23 (citaré por esta traducción con añadidos). También Natale Rossi ("Sulla datazione del *L. de T.*", *Studi di Letteratura Spagnola*, Roma, 1966, pp. 169-180), se inclina por las cortes de 1538.

[6] El mismo Covarrubias (*Tesoro de la lengua castellana* [Madrid, 1611], ed. Martín de Riquer, Barcelona, 1943, p. 635a) al tratar de la voz *Gelves*, recuerda de inmediato el desastre de 1510, y no dedica la menor alusión a la campaña de 1520.

[7] Vid M. J. Asensio, "La intención religiosa del *L. de T.* y Juan de Valdés", *HR*, XXVII (1959), p. 79. Un resumen general de todos estos problemas puede verse en F. Rico (*NPE*, pp. X-XIII); José F. Gatti (*Introducción al L. de T.*, Buenos Aires, 1968, pp. 14-18); Alberto del Monte (*Itinerario de la novela picaresca*, Barcelona, Edit. Lumen, 1971, pp. 17-18); y en Natale Rossi ("Sulla datazione...").

más probable, dada la ironía que tiñe la presentación de los padres por parte del narrador, se alude a los Gelves para poner de relieve, ante el ciego, la 'honradez' y 'valentía' del padre, muerto no en una vulgar campaña, sino en una expedición que se había hecho proverbial.

Sin embargo, aun cuando tuviéramos la certeza de que las Cortes fueron las de 1525, este dato sólo nos confirmaría que el *Lazarillo* es posterior a esta fecha, pero seguiríamos desconociendo cuándo se redactó la obra, pues el autor pudo retrasar a propósito la cronología de su relato. [8] Ante esta situación, la crítica ha acudido para fechar el libro a otros materiales, no siempre rigurosos, como son los basados en las corrientes intelectuales y preocupaciones sociales que se advierten en la obra. Así, por ejemplo, Manuel J. Asensio [9] considera que el *Lazarillo* debió de escribirse antes de 1530, porque está íntimamente ligado a la espiritualidad valdesiana y sería, por tanto, obra de un autor de tendencia iluminista del grupo que se forjó en torno al viejo duque de Escalona, muerto en 1529 —y aludido quizá en el texto—. Otros eruditos, como Bataillon y Márquez Villanueva, [10] fechan la obra en años muy próximos a los de su impresión y se basan para ello, en primer lugar, en el cariz literario de la obra, que se

---

[8] La alusión al arcipreste de San Salvador, por ejemplo. Vid. Francisco Márquez Villanueva, "La actitud espiritual del *Lazarillo*", en *Espiritualidad y Literatura en el siglo XVI*, Madrid-Barcelona, Edit. Alfaguara, 1968, p. 117, n. 80. El mismo escepticismo ante la cronología interna muestran F. Rico (*NPE*, p. XIII), Del Monte (*Itinerario*, p. 166, n. 43), y, sobre todo, Fernando Lázaro Carreter ("Construcción y sentido del *L. de T.*", *Ábaco*, I [1969], pp. 118-119 [ahora en '*Lazarillo de Tormes' en la picaresca*, Barcelona, Edit. Ariel, 1972, p. 168]: "Pienso que esta alusión histórica [la de las Cortes] —y la anterior a los Gelves— funciona primordialmente como motivo de inducción realista y, quizá, sarcástico").

[9] "La intención religiosa...", p. 79. La alusión al duque de Escalona es muy poco precisa: "Estábamos en Escalona, villa del duque de ella" (p. 106). M. J. Asensio ha vuelto a insistir en la fecha temprana en "Más sobre el *L. de T.*", *HR*, XXVIII (1960), p. 250.

[10] "La actitud espiritual...", p. 106.

encuentra en la misma perspectiva histórico-literaria que el *Clareo y Florisea* de Núñez de Reinoso, el *Abencerraje*, el *Viaje de Turquía*, el *Crótalon y Menina y Moça*, todos ellos compuestos en la década de los cincuenta; y en segundo lugar en el peculiar ambiente social que refleja el *Lazarillo*. Bataillon [11] ve en la obra un eco de la situación en que se encontraban los pobres vagabundos a raíz de la ley dada por el Consejo Real en 1540 y publicada en 1545. Esta ley "prohibía la mendicidad de quien no hubiera sido examinado por pobre, el ejercerla fuera de lugar de naturaleza y, aún entonces, sin llevar una cédula de sus curas que no se les daría sin previa confesión". [12] La promulgación de la citada ley dio origen a una interesante polémica en la que intervienen fray Domingo de Soto y fray Juan de Robles con sendos opúsculos impresos en 1545. [13] Y aunque ya en 1518, en 1523 y en 1525 tomaron las Cortes acuerdos semejantes, [14] es en la década del 1540 a 1550 cuando vuelve a suscitarse de forma perentoria el triste estado en que se hallaban los mendigos. Comenta Márquez Villanueva: "En efecto, la lectura tanto de Soto como de Robles persuade por completo de que se trataba de medidas que se imponían por primera vez en aquellos años, única explicación del apasionamiento que suscitaban". [15]

Esta situación social justificaría plenamente la mención (p. 143) que se hace en el *Lazarillo* del decreto dictado por el Ayuntamiento de Toledo, según el cual se prohibía la mendicidad a los pobres extranjeros; la alusión al "año estéril" (p. 143), que podría referirse, según Bataillon, a la sequía que asoló la provincia en 1543; y, sobre todo, la insistencia constante en la falta de caridad que todos muestran para con el pobre Lázaro. [16]

---

11 *Novedad*, p. 24.
12 Márquez Villanueva, *op. cit.*, p. 121.
13 Márquez Villanueva, *op. cit.*, pp. 121 y ss.
14 M. J. Asensio, "La intención...", pp. 80-81.
15 Márquez Villanueva, *op. cit.*, p. 126.
16 "Porque ya la caridad se subió al cielo" (p. 130); "...aunque en este pueblo no había caridad" (p. 139).

Frases del tipo: "Tú, bellaco y gallofero eres. Busca, busca un amo a quien sirvas" (p. 129), que las gentes espetan a Lázaro cuando acaba de sanar de las heridas producidas por el clérigo, no harían sino reflejar literariamente lo que Soto exponía en la *Deliberación en la causa de los pobres* (Salamanca, 1545): "De más de esto, aunque sea un hombre sano y de fuerzas, por ventura no halla amo o no halla labor u oficio".[17] A esto, sin embargo, puede oponerse que ya en textos muy anteriores a 1545 se encuentran frases similares que, en modo alguno, podían hacer referencia a la citada ley. Así, por ejemplo, en la biografía de San Ignacio de Loyola se relata el siguiente episodio:

> Llegado a Alcalá empezó a mendicar y vivir de limosna. Y después de allí a diez días que vivía desta manera, un día un clérigo y otros que con él estaban, viéndole pedir limosna se empezaron a reír de él y decirle algunas injurias como se suele hacer a estos que, siendo sanos, mendican.[18]

La estancia de san Ignacio en Alcalá ocurría precisamente en 1525, es decir, veinte años antes de que Soto publicara su opúsculo. La alusión al *año estéril* tampoco ofrece ninguna seguridad de que se refiera a la sequía de 1543;[19] y, en fin, las menciones constantes de la falta de caridad son propias de este tipo de narración en el que el protagonista, como él mismo anuncia en el prólogo, debe superar "las fortunas y adversidades" que le salen al paso. Difícilmente podría existir una obra como el *Lazarillo* si los amos y gentes con que topa Lázaro fuesen caritativos.

---

17 Soto, p. 76 (*ap.* Márquez Villanueva, *op. cit.*, p. 122).
18 *Autobiografía*, VI, 56, en *Obras Completas*, edic. manual, *BAC*, 86, p. 119.
19 Vid. p. 143. Bien es cierto que estos años fueron especialmente duros. Cf. por ejemplo el testimonio del biógrafo de S. Juan de la Cruz, el P. José de Velasco: "Se le llegó a esto el venir los años estériles [1542 y ss.] y que no se hallaba pan por ningún dinero ni qué comer" (en *Vida y obras de S. Juan de la Cruz, BAC,* 1955³, p. 28, n. 22).

Vemos, pues, que las tesis que parten de la ideología o de la situación social que se desprende del libro, aun cuando verosímiles, carecen de la solidez necesaria para ser aceptadas sin reservas, puesto que ninguno de sus argumentos permite fechar con absoluta seguridad el *Lazarillo*. El único camino posible debe rastrearse fuera de la propia obra, en documentos o textos literarios que aludan a ella y cuya datación no admita ninguna duda. Hasta ahora los documentos guardan el más profundo silencio y las menciones a la obra o son posteriores a 1554, o muy inseguras. Tal sucede, por ejemplo, con la frase de *La Lozana andaluza* (1529) en la que se nombra a un Lazarillo "el que cabalgó a su abuela", que se trata con seguridad de un personaje tradicional que poco tiene que ver con el protagonista de la novela. En fecha reciente he dado a conocer un libro de caballerías [20] —*Baldo*— impreso en 1542 que contiene, entre otras curiosidades, una autobiografía de un ladrón, Cíngar, nieto a su vez de ladrón e hijo de una mesonera, que huye de su casa a los doce años y sirve a un ciego durante cinco; a partir de ese punto la narración se centra en unos meses de su vida en los que se relatan numerosos robos y estafas. El relato se cierra con el arrepentimiento del protagonista que llegará a ser, por méritos propios, emperador. Es, por tanto, una autobiografía ejemplar —incluida en un relato en tercera persona, a imitación de Apuleyo, de quien proceden parte de los episodios—, [21] más cercana al *Guzmán* que al *Lazarillo*. En el mencionado artículo intenté demostrar que el *Lazarillo* podía haber servido de fuente al anó-

[20] "Libros de caballerías, latín macarrónico y novela picaresca: la adaptación castellana del *Baldus* (Sevilla, 1542)", *BRABL*, XXXIV (1971-72), pp. 147-239.

[21] Añádanse a las fuentes allí mencionadas los coloquios *Diversoria* y *Convivium fabulosum* de Erasmo, que el autor traduce con bastante literalidad, aunque altera el orden de las facecias del *Convivium* y suprime una alusión a Jesús y a sus discípulos —poco decorosa— del *Diversoria*. Debo, y agradezco, el conocimiento de estas fuentes erasmistas a don Marcel Bataillon y a don Eugenio Asensio.

nimo autor del *Baldo,* y que, por este motivo, debería datarse su composición con anterioridad a 1539. Sin embargo, ninguno de los argumentos que aduje es de por sí concluyente y se presta a interpretaciones distintas, puesto que las concordancias entre ambos textos pueden ser debidas a una misma tradición folklórica y literaria —el *Asno de oro*— de la que se aprovechan independientemente.[22] Sólo hay un caso en el que la relación no parece casual. Me refiero a la personificación "avara talega" que se corresponde con otra idéntica del Lazarillo, "avariento fardel" (p. 98), en una escena similar: un ciego guardando celosamente sus alimentos en una talega. Debo reconocer, no obstante, que la frase podía estar en una fuente común a ambos textos —aunque sea muy característica del estilo del *Lazarillo*—, que incluso el influjo podía ser inverso —del *Baldo* al *Lazarillo*—, o, sencillamente, que la lengua había adquirido en aquel tiempo una flexibilidad suficiente para que dos autores, con independencia, pudieran llegar a una misma personificación (esto último me parece, desde luego, más improbable). Otros intentos de demostrar la existencia de un *Lazarillo* primitivo, germen del que nosotros conocemos, han resultado igualmente infructuosos.[23]

A falta, pues, de un dato firme, lo más plausible —que no siempre se corresponde con la verdad— es fechar el *Lazarillo* en años muy próximos a los de su impresión, quizá inmediatos, lo que explicaría la ausencia general de alusiones a la obra y encajaría mejor en la perspectiva literaria —desarrollo de la autobiografía novelesca y del coloquio erasmista y lucianesco— del medio siglo.[24]

---

[22] Vid. la razonable crítica de Fernando Lázaro en *Ínsula,* n.º 312, Nov. de 1972, pp. 3 y ss.

[23] Vid. José Caso González, "La génesis del *L. de T.*", *AO,* XVI (1966), pp. 129-155, con pruebas que se prestan a interpretaciones diversas.

[24] Vid., además de los citados trabajos de Bataillon y Márquez Villanueva, Fernando Lázaro, "La ficción autobiográfica en el *L. de T.*" (vid. más adelante, p. 24).

III. REALIDAD, FOLKLORE Y VEROSIMILITUD

Las novelas de caballerías, pastoriles —*La Arcadia*—
y sentimentales situaban la acción de sus personajes en
un espacio y en un tiempo poco precisos o muy aleja-
dos de la realidad española. El *Lazarillo*, en cambio,
localiza su trama en un tiempo conocido por todos los
lectores (Gelves, Cortes de Toledo, Carlos V), y en una
geografía perfectamente especificada: Salamanca, Almorox, Escalona, Maqueda, Toledo. Para más detalles se
alude al toro de piedra que presidía el puente de Salamanca, a la riqueza de vinos de la comarca de Almorox, a los soportales de Escalona, a la Costanilla de
Valladolid y a varios lugares de la ciudad de Toledo
que el autor demuestra conocer muy bien. Las vesti-
duras, las monedas, así como las costumbres peculiares
de algunas zonas —comer cabezas de cordero los sábados en Toledo— no pasan inadvertidos al autor que
guarda, con exquisito cuidado, la imitación de los tiem-
pos y de las costumbres, precepto muy grato a los escritores renacentistas.

En cuanto a los personajes que intervienen en la
narración, todos ellos son de sobras conocidos en la España del siglo XVI. Niños como Lázaro, huérfanos, que
vagabundeaban mendigando limosna o sirviendo en calidad de mozos, eran, por desgracia, espectáculo tan co-
tidiano, que las gentes los contemplaban con absoluta
indiferencia. [25] Ya hemos aludido, al tratar de la fecha,
a los decretos de las Cortes que procuraban subsanar
y reglamentar estas lamentables situaciones. En algunas
localidades, como Navarra y Aragón o Valencia, se
llegó a crear el oficio de "padre de huérfanos", cuya
misión consistía en buscar amo a los niños que iban
pidiendo limosna o devolverlos a los amos de quienes
habían huido. Así, el "padre de huérfanos" debía ir

[25] Vid. el ya clásico estudio de Margherita Morreale, "Reflejos de la vida española en el *Lazarillo*", *Clavileño*, V (1954),
n.º 30, pp. 28-31.

por las "carnicerías, plazas y lugares públicos de la ciudad por hallar a algunos que siendo sanos y pudiendo servir a amo, se echan a la gallofería y comen de los pobres"; y tenía derecho, y obligación, de aplicarles diversas penas, más duras, sin duda, que las que recibe Lázaro:

> Si el mozo o moza firmados con amo por el padre de los huérfanos viciosamente se saldrá de la casa, el dicho padre les puede dar de azotes o dejarlos atados a un poste según la edad y la cualidad de los tales, y halos de hacer volver a servir... Ha de tener en su casa un par de azotes grandes y dos o tres pares de vergas, un cepo grande y dos o tres pequeños en lugar donde los mozos y mozas los puedan ver, con los cuales, y alguna vez con pan y agua, han de ser castigados a arbitrio de buen padre. [26]

Encontrar amo no era, desde luego, tarea tan fácil como podría parecer —de hecho, Lázaro los halla, por necesidades novelescas, con relativa facilidad—. San Ignacio cuenta las dificultades que tuvo que superar para buscar amo (y no hallarlo):

> Pasando algún tiempo en esta vida del hospital y de mendicar, y viendo que aprovechaba poco en letras, empezó a pensar qué haría; y viendo había algunos que servían en los colegios o algunos regentes y tenían tiempo de estudiar, se determinó de buscar amo... Puso hartas diligencias por hallar amo; habló por una parte al bachiller Castro y a un fraile de los cartujos que conocía muchos maestros, y a otros, y nunca fue posible le hallasen un amo. [27]

En vista de lo cual San Ignacio optó por ir a mendigar a Flandes y a Inglaterra.

El mismo oficio de pregonero que alcanza Lázaro fue a parar con frecuencia a manos de vagabundos y

---

[26] Ángel San Vicente Pino, *El oficio de Padre de Huérfanos en Zaragoza*, Caesaraugustana Theses, Zaragoza, 1965, p. 268.
[27] *Autobiografía*, VIII, 75, en *O.C.*, p. 130.

gente indeseable, por lo que el humanista Pedro de Valencia puede advertir:

> También advierto que las demandas de ermitas y cofradías y otros petitorios de limosnas no se den a hombres randas y sin lesión, sino a los que lícitamente pudieren mendigar. De pregoneros pueden servir los mancos y lisiados. [28]

Desastres familiares como el sucedido a los padres de Lázaro eran también el pan de cada día. Eso le ocurre a San Juan de la Cruz y otro tanto a don Martín de Ayala, que sería más tarde arzobispo de Valencia. Véase, como ejemplo, un pasaje de la autobiografía de este último, de notables semejanzas con el *Lazarillo*:

> A los once años de mi edad, a mi padre le acaeció un desastre en una muerte de un pariente de mi madre, por lo cual y porque era hombre mal aplicado a la hacienda, y por deudas que tenía y otros infortunios que le habían acaecido, hubo de dejar la tierra, y fuese a los Yelbes cuando murió don García. [29]

Fugitivos, como el padre de don Martín, ladrones o desterrados como el de Lázaro, iban a engrosar la milicia que se hallaba plagada de tales individuos:

> Cosa recia es que un rey y un emperador grande, delante de quien tiemblan los grandes señores, a quien obedescen tales las potencias de sus vasallos, venga a

---

[28] "Discurso contra la ociosidad", en Manuel Serrano y Sanz, *Pedro de Valencia*, Biblioteca de Archivo Extremeño, Badajoz, 1910, pp. 136-137.

[29] *Discurso de la Vida del Ilmº y Rvº Señor don Martín de Ayala... escrito por él mismo*, en *Autobiografías y Memorias*, ed. Manuel Serrano y Sanz, NBAE, 2, p. 213. Todo el arranque de la autobiografía de don Martín es similar al del *Lazarillo*, y es probable que tuviera presente la obra al redactar su vida, que, no lo olvidemos, se presenta como ejemplar, y que en definitiva demuestra la tesis opuesta del *Lazarillo*: que hay hombres que, a pesar de serles contraria la Fortuna, llegaron a buen puerto.

hacerse subjecto de los soldados, que los más dellos son mozos d'espuelas de sus criados, y otros eran acemileros, y muchos dellos fugitivos, malhechores, encartados, rufianes, desorejados. [30]

De entre todos los pobres eran quizá los ciegos quienes mantenían mayores privilegios. En puridad tenían el oficio de rezador de oraciones —tan criticado por los erasmistas—, que les permitía recorrer el país sin estar sujetos a las disposiciones que afectaban a los otros mendigos: "En su oficio era un águila; ciento y tantas oraciones sabía de coro", nos dice Lázaro de su amo. Véase, como muestra, este curioso contrato entre dos ciegos aragoneses fechado en 1570:

> Eadem die, yo Joan Exeric, ciego natural de la villa de Maella, de grado, etc., me firmo y asiento por criado y aprendiz con vos, el honorable Pedro de Arellano, ciego habitante de Zaragoza para que me hayáis d'enseniar y de mostrar las oraciones que vos sabéis y yo podré deprender para poder rezar como lo hacéis vos y otros ciegos en esta ciudad de Zaragoza, por tiempo de cuatro años de hoy adelante... [31]

El tipo de escudero, hidalgo y pobre, que huye de su lugar natal para salir de la penuria y mantener su honra, y acude a la gran ciudad, como catarribera, a la búsqueda de un grande generoso a quien servir, nos ha llegado a través de múltiples testimonios. Sin ir muy lejos, allí está la figura de don Alonso Enríquez de Guzmán, que, aunque menospreciador de escuderos, para poder subsistir tiene que efectuar las mil trapacerías, con tanta gracia y cinismo contadas en su autobiografía. [32] Bien significativas son las dos cartas que se incluyen, como modelos de epístolas de hidalgos, en el *Libro de Cartas Mensajeras* de Gaspar de Texeda. [33]

[30] Villalobos, *Problemas*, p. 414a.
[31] Ángel San Vicente, *op. cit.*, pp. 280-281.
[32] *Libro de la vida y costumbres de don Alonso Enríquez de Guzmán*, ed. Hayward Keniston, *BAE*, 126, Madrid, 1960.

Y no es casualidad que parte de la acción del *Lazarillo* transcurra en Toledo, la más populosa ciudad —después de Sevilla— y que contaba con un mayor número de hidalgos, clérigos y frailes. [34]

El estamento clerical, que tan mal parado sale en la obra, presentaba en la realidad, como es sabido, una situación catastrófica. De hecho, todos los manuales de confesores y 'sumas' de casos de conciencia, y el mismo Concilio de Trento, fustigan los numerosos vicios de un estamento al que habían acudido a refugiarse justos y pecadores. Casos como el del fraile de la Merced que nos relata Lázaro, son niñerías en comparación con el histórico narrado por Gonzalo Fernández de Oviedo, [35] y clérigos amancebados, como el citado arcipreste, eran tan frecuentes, que la misma Santa Teresa no siente reparo en contarnos cómo uno de sus confesores "comenzó a declararme su perdición, y no era poca, porque había casi siete años que estaba en muy peligroso estado con afición y trato con una mujer del mesmo lugar, y con esto, decía misa". [36]

Este aspecto mezquino de la realidad que aquí hemos señalado no podía pasar inadvertido a los ojos de muchos españoles y, menos aún, a los de un espíritu tan

[33] Gaspar de Texeda, *Primer libro de cartas mensageras*, Valladolid, 1553, fol. LII: '*Graciosa de un hidalgo a un señor enviándole un caballo muy bueno y congraciándose mucho con él*': "Ahí envío a V.S. un caballo de la mejor casta del Andalucía, y tan bien acondicionado, que parece que desde su nacimiento se hacía para ser de V. S., porque, sin ésta, tiene otras habilidades tan buenas que no quedo descontento de otra cosa sino de no poder enjaezalle como merece, aunque luego me consuela saber que ha de servir en casa llena. V.S. reciba mi voluntad que cierto es la que debe, ya que de la piedra no se puede sacar agua sino fuese por milagro...". *Vid.* además, p. 149, n. 264.

[34] A finales del siglo XVI, Toledo contaba con 10.933 vecinos, de los cuales 10.000 eran hidalgos; residían allí, además, 739 clérigos y 1.942 religiosos (ap. Manuel Fernández Álvarez, *La sociedad española del Renacimiento*, Salamanca, Anaya, 1970, p. 79).

[35] *Las Quinquagenas de la nobleza de España*, ed. Vicente de la Fuente, I, Madrid, 1880, p. 51.

[36] Santa Teresa, *La vida de la Madre T. de J.*, en *Los Libros de la Madre T. de J.* (Salamanca, 1588), ed. facsímil, Madrid, Espasa-Calpe, 1970, p. 58.

agudo y fino como muestra poseer el autor del *Lazarillo*. Pero nos engañaríamos al creer que este escritor anónimo extrae sus materiales novelescos de la propia vida. En absoluto; la realidad le sirve de marco verosímil —no olvidemos el precepto aristotélico—, pero los episodios que se narran proceden de una muy fértil tradición folklórica. Hoy, gracias, sobre todo, a los estudios de Américo Castro, Bataillon, Maldonado de Guevara, María Rosa Lida y Fernando Lázaro, [37] conocemos a fondo este aspecto tan importante del *Lazarillo.*

Ya hemos mencionado el texto de *La Lozana Andaluza* (1529) que habla de un tradicional "Lazarillo, el que cabalgó a su abuela". Otros ejemplos similares corroboran la existencia de un proverbial Lázaro, tan bobo, que pudo cabalgar a su abuela, [38] o pobre como el Lázaro bíblico. Timoneda en su adaptación de los *Menaechmi* de Plauto (1559) nos dice de un criado que "es el más agudo rapaz del mundo y es hermano del *Lazarillo de Tormes,* el que tuvo tresciento cincuenta amos". Y Sebastián de Horozco incluye en una pieza teatral el célebre episodio de la longaniza, haciendo protagonistas de la escena a un ciego y a Lazarillo.

Los engaños de niños a ciegos están desde antiguo bien documentados en el folklore europeo. Una historieta similar a la del hurto del vino gracias a una pajita ya es conocida en el siglo XIII, y la burla de la longaniza y el poste aún se mantenía viva en la Andalucía del siglo XIX. [39] La facecia de "la casa lóbrega y oscura" que se relata por extenso en el *Tratado Tercero* aparece en un cuento oriental del siglo XI. Chistes

---

[37] A. Castro, "Perspectiva de la novela picaresca", en *Hacia Cervantes,* Madrid, 1967³, pp. 118-145; Bataillon, *Novedad...*; F. Maldonado de Guevara, *Interpretación del Lazarillo de Tormes,* Madrid, 1957; María Rosa Lida, "Función del cuento popular..."; y F. Lázaro, "Construcción...". Un buen resumen de conjunto puede verse en F. Rico, *NPE,* pp. XXIV-XLII.

[38] Vid. M. J. Asensio (*HR,* XXVIII [1960], p. 247) que rechaza cualquier punto de contacto entre este Lázaro bobo y el protagonista de la novela.

[39] En las notas correspondientes a estos episodios podrá encontrar el lector referencias más precisas.

verbales como el de "manténgaos Dios" del mismo tratado, o la anécdota del clérigo que sólo come en los velatorios, se recogieron en algunos libros de facecias a que tan aficionados son los hombres del siglo xvi. En fin, el falso milagro que con tal habilidad pergeña el astuto buldero del Tratado Quinto es también tradicional, pero en este caso, el único, el anónimo autor utilizó, al parecer, una fuente culta (el *Novellino* de Massuccio).

Ya hemos visto, pues, que los personajes que atraviesan por las páginas del libro pertenecían a la realidad española, pero la tradición se los había apropiado para sí y había trazado con cuatro rasgos distintivos unas figuras esquemáticas, grotescas, cuyos perfiles aprovecha, con mano maestra, el autor. El ciego astuto y avaricioso, el clérigo miserable, el fraile mundano, el escudero pobre y roto, cargado de presunción, el echacuervo o mal buldero, el clérigo amancebado... todos ellos constituyen un modélico retablo de caricaturas que desfilan por multitud de textos antes de adquirir una forma, aún más precisa, en el *Lazarillo*. [40] Esta realidad tradicional, esquematizadora de la otra, de la auténtica —de tintes más sombríos aún— es la que se refleja en el *Lazarillo*. Realidad deformada por la tradición, magníficamente dispuesta en un marco real, exigido por los preceptos clásicos de la verosimilitud e imitación.

IV. LA FÓRMULA AUTOBIOGRÁFICA

Un lector que sin conocimiento de la obra comience a leer el prólogo se topará con la frase "Yo por bien tengo...", y seguirá leyendo distraídamente, convencido

---

[40] Los trabajos de Américo Castro, Bataillon y Fernando Lázaro, antes citados, recogen abundantes materiales acerca de estos tipos en textos anteriores o inmediatos al *Lazarillo*. Vid. también Francisco Márquez Villanueva ("Sebastián de Horozco y el Lazarillo", *RFE*, XLI [1957], pp. 253-339) y Francisco Rico ("Problemas del *Lazarillo*", *BRAE*, XLVII [1966], pp. 288-296, donde trata ampliamente del hidalgo).

de que ese *yo* que abre el libro es el del anónimo autor
y que el prólogo es uno de tantos exordios renacentistas, con todos los lugares comunes exigidos por la retórica. Sólo en las últimas líneas descubrirá que quien
habla es el propio protagonista —"porque se tenga entera noticia de *mi* persona"—, que la obra es, por tanto,
o pretende ser, una autobiografía, y que el título del
libro debe entenderse como *La vida de Lazarillo de
Tormes* [*contada por él mismo*]. Cuando dé fin a la
obra comprenderá por qué no se especifica este dato
en el título y, sobre todo, entenderá plenamente el sentido del prólogo.

El *Lazarillo* se presenta, así, como una autobiografía
real en la que autor y personaje se identifican. Toda
autobiografía es una narración retrospectiva: un pasado se cuenta y juzga desde el presente. En el *Lazarillo*,
sólo al llegar al último tratado alcanzaremos el presente
del narrador. El protagonista, Lázaro, es sencillamente
un pregonero de Toledo al que el desconocido *Vuestra
Merced* ha escrito pidiéndole detalles sobre un determinado "caso" ("Y pues vuestra merced escribe se le escriba y relate el *caso* muy por extenso, parescióme no
tomalle por el medio, sino del principio, porque se tenga entera noticia de mi persona"). El "caso", como bien
indicó Francisco Rico,[41] no es otro que el que se narra
en el último tratado, es decir, la explicación de los
rumores que circulan acerca de las posibles relaciones
amorosas entre la mujer de Lázaro y el Arcipreste de
la parroquia de San Salvador.

Existían, desde luego, distintos tipos de narraciones
autobiográficas anteriores al *Lazarillo*.[42] Los más

[41] "Problemas del *Lazarillo*", *BRAE*, XLVI (1966), pp. 277-
287, y *La novela picaresca y el punto de vista*, Barcelona, Seix
Barral, 1970, pp. 25-29.
[42] Para el problema de los antecedentes autobiográficos vid.
Margot Kruse ("Die parodistischen Elemente in *L. de T.*",
Romanistischen Jahrbuch, VIII [1957], pp. 297-300); Jean Molino ("*L. de T.* et les *Métamorphoses* d'Apulée", *BHi*, LXVII
[1965], pp. 322-33); Dario Puccini ("La struttura del *L. de T.*",
*Annali delle Facoltà di Lettere e Filosofia e Magistero dell'Uni-
versità di Cagliari*, XXIII [1970], pp. 27-33); y, sobre todo,

parecidos son, sin duda, aquellos en que el propio autor
se finge protagonista de distintos episodios fabulosos,
como ocurre con el *Spill* de Jacme Roig o con una de
las más célebres y difundidas novelas clásicas, *el Asno
de Oro* de Apuleyo, obra que con seguridad influyó en
el *Lazarillo*.[43] Existían, además, las autobiografías reales,
bien en forma de confesiones, como las de San Agustín,
motivadas y compuestas a petición de sus fieles para
explicar su trayectoria espiritual; bien autobiografías de
personajes ilustres y de soldados que quieren dejar cons-
tancia y ejemplo de sus hechos, como sucede con la de
Diego García de Paredes o la de Alonso Enríquez
de Guzmán. En fin, otros tipos autobiográficos eran las
cartas de relación, y, en general, toda clase de memo-
riales. La fórmula autobiográfica que utiliza el anónimo
autor del *Lazarillo* está más próxima a estas últimas,
porque la obra se presenta como una carta[44] ("Vuestra
Merced escribe se le escriba"). Ahondando en este punto, Fernando Lázaro Carreter ha podido dar con el
modelo que inspira la ficción autobiográfica del *Lazarillo*. Se trata de un tipo de cartas bastante frecuente
en el Renacimiento —las cartas-coloquio—, de tono desenvuelto y conversacional, salpicadas de gracias (no
siempre de buen gusto) y en las que a ruegos de un
amigo se relataba un *caso* personal o falsamente per-

Fernando Lázaro Carreter ("La ficción autobiográfica en el
Lazarillo de Tormes", *Litterae Hispanae et Lusitanae*, Munich,
1968, pp. 195-213, recogido ahora en '*Lazarillo de Tormes*' *en
la picaresca*, Colección Letras e Ideas, 1, Barcelona, Edit. Ariel,
1972, pp. 13-57 [citaré por este libro]).

[43] Quiero mencionar, puesto que no suele citarse entre los
tipos autobiográficos anteriores al *Lazarillo*, que en la *Poetria
Nova* de Vinsauf, de dilatada difusión durante los siglos XIII a
XV, se ejemplifica el *estilo cómico* con una facecia narrada en
forma autobiográfica, que relata el engaño de un estudiante
mozo y pobre a un vendedor de jarras (*Poetria Nova*, vv. 1883-
1916, en E. Faral, *Les Arts Poétiques du XII⁰ et du XIII⁰
siècle*, París, 1962², pp. 255-256). Desconozco, no obstante, las
huellas que ha dejado este modelo de Vinsauf en la literatura
europea.

[44] "Epístola hablada" denominó Claudio Guillén a la obra
en un memorable artículo ("La disposición temporal del *L. de
T.*", *HR*, XXV [1957], pp. 264-279).

sonal, como hace, por ejemplo el médico Villalobos. [45]
No quiere decir esto que el *Lazarillo* sea una simple
carta-coloquio, sino que el autor ha acudido a este género para justificar el relato autobiográfico del protagonista. Así, prólogo y narración se presentan con una
unidad indestructible de interdependencia, que permite
al autor llevar al extremo la teoría de la verosimilitud
artística, al prolongar la ficción autobiográfica hasta el
prólogo, hallazgo extraordinario que tan importante
habrá de ser para la cabal inteligencia de la obra.

En las cartas-coloquio, a continuación de las fórmu-
las iniciales de saludo y justificación de la epístola, se
relata el *caso* sin más, y la carta se cierra con la típica
despedida. El *Lazarillo,* como mal entendió el añadidor
de Alcalá, podría haber concluido con la fórmula ("de
lo que aquí adelante me sucediere avisaré a Vuestra
Merced"), [46] pero recuérdese que el prólogo es a la vez
broche y sello de la narración; que el relato es un
caso sí, escrito a ruegos de un Vuestra Merced, pero
también una autobiografía que, con carácter irónicamente ejemplar, está compuesta por su protagonista
para que llegue a un público lector más numeroso, como
advierte en el prólogo. Su estructura no puede ser, porque no lo es su intención, la de una simple carta-coloquio.

V. CONSTRUCCIÓN E INTERPRETACIÓN

Una autobiografía presenta una serie de limitaciones
que una narración en tercera persona puede soslayar

---

45 "Expetiis me, generosissime pater, status fortune mee na-
rrationem explicitam" (*ap.* Fernando Lázaro, "La ficción...",
p. 45). Véanse, además, las eruditas páginas de F. Rico en *La
novela picaresca y el punto de vista,* pp. 15-21. El ya mencionado libro de *Cartas mensajeras* (Valladolid, 1553) recoge media
docena de cartas jocosas de este tipo, buena prueba de la difusión del género que se había incorporado ya a los modelos de
epístolas en castellano.
46 Vid. más adelante p. 58.

fácilmente. Su principal problema es el mantenimiento del *decoro* del personaje. En una autobiografía real, la situación, aunque formalmente idéntica, es, de hecho, muy distinta. Todo biógrafo de sí mismo nos presentará su vida desde su punto de vista. No tiene otro. Lo que es viene determinado por lo que ha sido. Es un pasado visto desde un presente, pero ese presente es un resultado de aquel pasado. Hasta la aparición del *Lazarillo,* las falsas autobiografías novelescas no habían mostrado especial preocupación por mantener ese decoro. Ni les era necesario, porque sólo les interesaba un momento de la vida de su personaje, el que llena la narración. Por ejemplo, Lucio, protagonista del *Asno de Oro,* relatará su prehistoria, pero lo hace sucintamente y para evitar el arranque abrupto; a él le interesa centrar su vida en un momento: la conversión en asno y su vuelta a su ser natural. Otro tanto podríamos decir de las autobiografías sentimentales. Se preocupan por el caso, no por sus antecedentes. Son lo más aproximado a una carta de relación de un determinado acontecimiento narrado por su protagonista: una batalla, una misión especial, una descripción de un lugar; o, sencillamente, en el terreno novelesco, lo que ocurre con las cartas-coloquio ya mencionadas: se relata el *caso,* que es lo que importa.

El *Lazarillo* va más lejos. Su autor no está interesado tanto por contar un *caso,* como por presentarnos la trayectoria de una vida que desemboca en ese *caso* final. En otras palabras, el autor del *Lazarillo* pretende remedar, verosímilmente, una autobiografía real con todas sus dificultades, y, entre ellas, la primera: guardar el decoro del personaje; mantener, por tanto, la visión que éste tenga de sí mismo y del mundo que le rodea. El autor, por motivos que más adelante discutiremos y que afectan a la interpretación de la obra, ha escogido como narrador de su vida a un pregonero de Toledo. Su relato, por consiguiente, debe mantener el decoro del personaje —su condición social, su visión del mundo—; de no hacerlo, la autobiografía resultaría inverosímil, carecería de sentido novelesco. Si el escritor no hubiera tenido interés en este punto, habría utilizado la narración en tercera persona, o bien se habría limitado a transponer sus pensamientos en los del personaje, a la manera de Jacme Roig. Al escoger un protagonista de esa condición social, el esfuerzo que se impone el autor para mantener el decoro es extraordinario, porque su visión del mundo y la de su personaje presentan muy pocos puntos comunes.

En el prólogo, el pregonero Lázaro de Tormes expone los motivos que le han inducido a escribir su vida desde el principio, no limitándose sólo al 'caso': para que se tenga entera noticia de su persona y "porque consideren los que heredaron nobles estados cuán poco se les debe, pues Fortuna fue con ellos parcial, y cuánto más hicieron los que, siéndoles contraria, con fuerza y maña remando, salieron a buen puerto". El lector, ante este aviso, esperaría encontrar una vida desarrollada por extenso, pero la realidad es otra: el grueso de la narración, casi un noventa por ciento de sus páginas, tiene como protagonista al niño Lázaro, en una edad comprendida entre los doce y los catorce años, más o menos; a partir de ese punto, el relato cambia de tono y se dirige con extraordinaria rapidez hacia su desenlace, el *caso* final que motiva la curiosidad del desconocido vuestra merced. Esta patente desproporción entre la intención del autor y su resultado no podía pasar inadvertida a la crítica, que ha intentado explicar y justificar este aparente o real fallo en la estructura del libro. Porque no se trata sólo de una desproporción; también se advierte de inmediato un cambio estructural en la misma parte central de la obra que tiene como protagonista a Lazarillo.

Tras rechazar algunas interpretaciones psicológicas, [47] Fernando Lázaro Carreter, en un reciente estudio, ha

---

[47] La bergsoniana de Claudio Guillén ("La disposición temporal...") y R. S. Willis ("Lazarillo and the Pardonner: the Artistic Necessity of the Fifth Tractado", *HR*, XXVII [1959], pp. 277 y ss.).

desarrollado la tesis más convincente y completa de cuantas se han expuesto, y que resumo a continuación. [48]

Algunos capítulos del *Lazarillo*, como ya se había advertido desde Tarr, [49] presentan una fuerte construcción trabada provocada en primer lugar, por unas determinadas simetrías y contrastes y, en segundo lugar, por una clara gradación. Las simetrías y los contrastes se advierten, sobre todo, entre la presentación de los padres y el último tratado. Si la madre de Lazarillo decide "arrimarse a los buenos para ser uno de ellos", y acaba amancebada con el negro Zaide, Lázaro también procurará "arrimarse a los buenos" y contraerá matrimonio con la manceba de un arcipreste; si el padre padece persecución por justicia y *sangra* los costales de harina, el hijo pregonará los delitos y acompañará a los que "padecen persecución por justicia", y *sangrará* el fardel del ciego, el arca del clérigo, o intentará hacerlo con la bolsa del hidalgo.

La gradación es aún más notable puesto que el servicio de los tres primeros amos no sólo es gradativo como conjunto, también es gradual el desarrollo de cada uno de esos episodios, aunque estén constituidos de forma diferente. El proceso del hambre que se inicia con el ciego, que adquiere una mayor tensión con el clérigo de Maqueda, culmina en el tratado del hidalgo, en el que el protagonista no sólo no puede robar comida a su amo, sino que debe, además, alimentarlo. Acabado este plan gradativo, la obra pierde unidad en los dos tratados siguientes, episodios desconectados del resto de la narración. El cuarto se relata en una docena de lí-

---

[48] "Construcción y sentido del *L. de T.*", *Ábaco*, I (1969), pp. 45-134, recogido ahora en *"Lazarillo de Tormes" en la picaresca*, pp. 61-192. Citaré por este último texto.

[49] El lector puede consultar sobre el tema a F. Courtney Tarr ("Literary and Artistic Unity in the *L. de T.*", *PMLA*, XLII [1927], pp. 408 y ss.); M. Bataillon (*El sentido del L. de T.*, París-Toulouse, 1954, pp. 17-22); Claudio Guillén ("La disposición temporal en el *L. de T.*", art. cit.); Francisco Rico (*NPE*, pp. XLII y ss.); y, especialmente, Fernando Lázaro Carreter ("Construcción y sentido...").

neas y el quinto ni siquiera está protagonizado por Lazarillo. Sólo les une a los tres anteriores la dimensión temporal: entre el tratado tercero y el sexto transcurren sólo cuatro meses y ocho días. Ya en el sexto, en una veintena de líneas, Lázaro crece varios años hasta alcanzar la edad en que escribe su vida.

La crítica se había limitado a exponer estos hechos o a interpretarlos aisladamente. La originalidad de la tesis de Fernando Lázaro consiste en explicar el origen y el funcionamiento de los mismos. El autor del *Lazarillo* acude, en efecto, al material folklórico para extraer anécdotas y facecias que el protagonista hace suyas. Pero no se limita a esto; también acude a la estructura del cuento tradicional para componer parte de la obra. Las simetrías, los contrastes, las profecías, numerosos motivos pertenecen a la morfología del cuento. La gradación de los tres amos iniciales en la que el primero es el más importante del terno, es asimismo de origen folklórico. De esta manera, la estructura muy trabada que advertimos al leer el *Lazarillo* —a excepción de los Tratados Cuarto y Quinto—, es, sencillamente, una estructura propia del cuento tradicional. Esto, como el propio crítico señala oportunamente, no sería original. El mérito del autor de la obra es subordinar todos estos motivos y estructuras a un fin: la demostración de una tesis: "la verificación sarcástica de una tendencia de hábitos" y "la historia de un proceso 'educativo' que entrena el alma para el deshonor".[50] Sirva de ejemplo el *'contraste'* que se produce entre el amancebamiento de la madre de Lázaro con el morisco y el de su esposa con el arcipreste: Zaide es castigado, pero no el clérigo. La reflexión moral, aparentemente sin trascendencia, que intercala el narrador a continuación del prendimiento de Zaide ("no nos maravillemos de un clérigo ni fraile, porque el uno hurta de los pobres y el otro de casa para sus devotas para ayuda de otro tanto, cuando a un pobre esclavo el amor le animaba

---

50 Fernando Lázaro, art. cit., p. 103.

a esto"), cobra ahora, con el contraste final, pleno sentido: el esclavo es castigado; el rico arcipreste, aunque su delito era moralmente más grave, vive feliz con su amancebamiento. El *contraste* característico del cuento folklórico adquiere en la obra un valor semántico de que carecía. Otro tanto se podría decir de los cuentecillos folklóricos que llenan la obra y que el autor selecciona y modifica cuanto le conviene para sus fines: condicionar el comportamiento del Lazarillo frente a la realidad; hacer que el Lázaro hombre sea consecuencia de las experiencias del niño. En definitiva, la educación para el deshonor final. El autor, además, procura evitar hasta donde le es posible la estructura folklórica; así, atenúa las simetrías y los contrastes muy marcados en el cuento, para "confiar su eficacia sólo a la atención de los lectores". [51] El caso más claro es, sin duda, el de la profecía del ciego, que no se hace explícita cuando se cumple; en cambio, el añadidor de Alcalá, que vio claramente la constitución folklórica del episodio, no tuvo en cuenta el delicado uso que de esa técnica hacía el autor original, e introdujo sus añadidos cuando convenía a la narración folklórica, pero no a la estética narrativa del *Lazarillo*.

Al final del Tratado Tercero se produce, en efecto, un cambio brusco en la técnica estructural. El autor sigue ahora el sistema de "enfilage", de episodios en sarta, característico de la técnica narrativa del *Asno de oro*. Lazarillo sirve a distintos amos, pero ya los episodios son intercambiables —fraile de la merced, buldero, maestro de pintar panderos—. El autor no ha sabido superar totalmente la estructura folklórica y continuar la progresión de la psicología del protagonista precisamente en el momento más difícil: el paso de la niñez a la adolescencia y juventud. Abandona el sistema folklórico y cae en la sarta de episodios, y el lector advierte, porque está claro, el tránsito abrupto de uno a otro

---

[51] Fernando Lázaro, art. cit., p. 97.

procedimiento. [52] La estructura del *Lazarillo* reflejaría, por tanto, el conflicto entre dos tradiciones: una folklórica, que el autor procura novelizar en lo posible, de ahí su genialidad, y otra de episodios en sarta, que el autor acepta sin intentar superarla. [53]

Esta es, muy resumida, la tesis de Fernando Lázaro que explica de forma convincente la tan debatida cuestión de la estructura del *Lazarillo*. Pasemos a continuación al espinoso problema de la interpretación global de la obra.

Dos temas cruzan, interfiriéndose, todo el *Lazarillo*: el de la honra y el religioso. En el prólogo, Lázaro de Tormes confiesa que escribe su vida estimulado por el deseo de alcanzar fama literaria y también para que sus lectores vean en el libro un imitable ejemplo de virtud: "porque consideren los que heredaron nobles estados cuán poco se les debe, pues Fortuna fue con ellos parcial, y cuánto más hicieron los que, siéndoles contraria, con fuerza y maña remando salieron a buen puerto". Esta frase sólo cobra sentido pleno, como ya dijimos, una vez leída la obra, cuando el lector descubre, aunque ya lo barruntaba, que el buen puerto a que llega Lázaro no es otro que un oficio infame y la deshonra familiar. Por consiguiente, Lázaro de Tormes no ha ascendido un ápice desde su nacimiento (socialmente, se entiende,

---

52 Vid. más adelante p. 39. El episodio de la *casa lóbrega y oscura* que se introduce "fuera de toda oportunidad psicológica", como acertadamente apunta F. Lázaro, sería la prueba más clara de esa lucha del autor frente a la estructura folklórica, que en este caso no puede evitar.

53 A una tesis parecida han llegado, por caminos distintos, Charles Minguet (*Recherches sur les structures narratives dans le Lazarillo*, París, 1970), aunque tanto él como Dario Puccini (art. cit., pp. 17-27) conceden excesiva importancia a la estructura ternaria que pueda aparecer en los tratados Cuarto a Sexto y desmesuran, quizá, la función estructural del Tratado Quinto. Otro intento de explicar la estructura de la obra partiendo de la teoría poética de la época puede verse en Elsa Dehennin ("Le Roman Picaresque à la lumière de la *Poétique*", *RBPhH*, XLVIII [1970], pp. 730-771). Véanse ahora también las agudas observaciones de Joaquín Casalduero ("Sentido y forma de *El Lazarillo*", en *Estudios de Literatura española*, Madrid, Gredos, 1973³, pp. 72-89).

porque en el terreno económico sí ha conseguido una aceptable tranquilidad); sigue siendo tan vil como sus padres, y aún más, puesto que es capaz de vituperarlos porque se vea bien "cuánta virtud sea saber los hombres subir siendo bajos, y dejarse abajar siendo altos cuánto vicio" (p. 97). Recordemos que esta frase se halla inmediatamente después del episodio del toro de Salamanca, a continuación de esta otra: "Y fue ansí, que, después que Dios éste [el ciego] me dio la vida y siendo ciego me alumbró y adestró en la carrera del vivir". No cabe duda: nos encontramos ante la historia de una mala educación, y esta frase bien anticipa el desenlace sarcástico de la obra, que culmina en el prólogo. El autor parece reírse del célebre debate humanista sobre la verdadera honra. [54] ¿Qué virtud puede alcanzar un hombre como Lázaro de Tormes, cuya educación desde sus padres y primer amo consiste en el engaño y en la lucha constante contra la miseria? ¿Y qué decir del consejo del arcipreste, paralelo a las advertencias del ciego: "Lázaro de Tormes, quien ha de mirar a dichos de malas lenguas nunca medrará... Por tanto, no mires a lo que pueden decir, sino a lo que toca, digo, a tu provecho" (p. 175)? Claro está que ya Lázaro había tomado esta determinación en el Tratado Sexto, cuando decide vestirse "en hábito de hombre de bien" y conseguir un oficio real "viendo que no ay nadie que medre sino los que le tienen" (p. 173); y ya en el Tratado Tercero la crítica de la honra mal entendida se ensaña en la figura [55] del escudero, y, cómo no, en la sarcástica presentación de los padres.

Su actitud ante la religión no es menos irónica. Ya se menciona en el prólogo a un presentado que, pecador como Lázaro, no resiste a la vanagloria. A lo largo de la obra numerosos son los personajes que pertenecen

[54] Abundante bibliografía sobre el tema en Francisco Rico, *La novela picaresca y el punto de vista*, pp. 45 y ss.
[55] La figura del escudero se ha prestado a diversas interpretaciones. Creo, con Fernando Lázaro, que la actitud del autor hacia este personaje es la de desprecio.

al clero y que son, como Lázaro, protagonistas: el clérigo de Maqueda, el fraile de la Merced, el buldero, el capellán y el arcipreste. Todos explotan a Lázaro en uno u otro sentido. Todos se mueven por avaricia o por lujuria. El desprecio del autor por este estamento se manifiesta, si no estuviera implícito en el texto, en dos frases lapidarias —en las que, por una vez al menos, autor y protagonista aúnan sus voces—: "No nos maravillemos de un clérigo ni fraile, porque el uno hurta de los pobres y el otro de su casa para sus devotas y para ayuda de otro tanto, cuando a un pobre esclavo el amor le animaba a esto" (p. 94); y "no sé si de su cosecha era [la avaricia] o la había anexado con el hábito de clerecía" (p. 114). Se utilizan citas de la Escritura en contextos a todas luces irónicos, y con el mismo fin son mencionados la Eucaristía, el Espíritu Santo y numerosas veces el nombre de Dios. La crítica, como es lógico, ha concedido gran importancia al significado religioso que se desprende de la obra. Pero en este punto, como en casi todos, las soluciones son dispares y difíciles de conjugar. Se ha dicho que el *Lazarillo* es obra de un erasmista, de un alumbrado, de un anticlerical, de un escéptico. No me es posible desarrollar por extenso los argumentos que aducen unos y otros críticos para corroborar sus tesis. Para unos, la crítica religiosa debe entenderse positivamente. Tal es la conclusión de M. J. Asensio y de Francisco Márquez Villanueva. [56] Para otros, como Bataillon, [57] no iría más

[56] M. J. Asensio, "La intención religiosa del *Lazarillo* y Juan de Valdés", art. cit., y Francisco Márquez Villanueva, "La actitud espiritual...", pp. 99-104.
[57] *Novedad*, p. 17. En su última edición de *Erasmo y España* (México, 1966, pp. 609-612) ha vuelto a defender esta tesis, sin negar por ello que el erasmismo —defendido por M. J. Asensio y Márquez Villanueva— creó un ambiente propicio y sirvió de apoyo, con su nuevo anticlericalismo culto, al desarrollo del anticlericalismo popular. La hipótesis de un autor erasmista ha sido rechazada también por Fernando Lázaro ("Construcción", p. 184) y por Víctor G. de la Concha ("Sobre la intencionalidad religiosa del *L*.", Comunicación leída en el IV Congreso Internacional de Hispanistas, Salamanca, 1971 [en prensa, con adiciones, en la *RFE*]).

allá de la de un manido anticlericalismo. En fin, para
un tercer grupo —A. Castro, C. Guillén, S. Gilman,
Fernando Lázaro, entre otros—,[58] la actitud del autor
frente al material religioso sería la de un converso, con
una buena dosis de incredulidad.

Que en el *Lazarillo* existe un fuerte anticlericalismo
es un hecho innegable, y es éste uno de los soportes
satíricos de la obra; que el autor se encuentra a dis-
gusto dentro de un ambiente propicio a la religiosidad
mal entendida, nadie lo duda, como tampoco que el
libro es una historia de una mala educación y una
burla de la honra. Pero ¿cómo interpretar rectamente
la intención del autor y su auténtica ideología? La propia constitución de la obra la hace ambigua, polisémica,
como bien ha visto la crítica, y por lo tanto susceptible
de interpretaciones diversas. El problema radica en saber
si el autor pretendió esta ambigüedad de lectura; es
decir, si la frase del prólogo "pues podría ser que alguno que las lea [las cosas nunca vistas ni oídas] halle
algo que le agrade, y a los que no ahondaren tanto los
deleite" debe ser entendida como una clave: algunos
comprenderán el sentido profundo de la obra —la tesis—; los otros, el superficial anecdótico y divertido. O
debe ser entendida en su sentido literal como parodia
de un tópico más de exordio. En otras palabras, si el
Lazarillo se escribió fundamentalmente para demostrar
una tesis —la que han señalado Lázaro Carreter, A.
Castro, Guillén o Gilman—, o la tesis, que existe, nace
del propio carácter cómico del libro, por exigencias de
la verosimilitud autobiográfica, y es por consiguiente
obra que debe ser leída sólo en el plano cómico y ar-
tístico, sin trascenderlo. Porque cabe preguntarse si por

---

[58] Américo Castro (*Hacia Cervantes*, Taurus, Madrid, 1967³,
pp. 118 y ss.); Claudio Guillén ("La disposición temporal...",
p. 276, n. 23); Maldonado de Guevara (*Interpretación*, p. 33):
S. Gilman ("The Death of *L. de T.*", *PMLA*, LXXXI [1966],
pp. 149 y ss.); Fernando Lázaro ("Construcción...", p. 183). Para
Francisco Rico (*La novela picaresca y el punto de vista*, p. 54)
el autor sería un escéptico de 'tejas abajo', creyente sincero que
no tenía "inconveniente en disociar la razón y la fe".

aquellos años era posible escribir una autobiografía cómica (pero verosímil por el género) y no caer en un
determinismo. En un plano puramente jocoso y satírico
sólo cabía escoger un héroe bajo, deshonrado por los
cuatro costados desde el nacimiento hasta el momento
en que escribe su vida; de lo contrario, habría surgido
una autobiografía ejemplar como ocurre con la de Cíngar o la de *Guzmán de Alfarache*. Recordemos aquel
criado de Lope de Rueda que presume de linaje aunque
su padre había sido ladrón y ahora era verdugo y su
madre "un poco ladrona" y "algo deshonesta de cuerpo" y "borracha". [59] ¿No estará el *Lazarillo* dentro de
esta corriente cómica, atenuada por el marco realista y
por el deseo de verosimilitud que preside la obra, y
relacionado con pasajes similares a éste de Villalobos? :

> Estas dos coplas son del metal de las pasadas sino
> cuanto son más donosas y muy más graciosas que las
> otras para provocar risa; que es de maravillar que en
> lo peor de los establos y en lo más sucio de los mulada-
> res allí presuma el diablo de aposentar la honra, cosa
> tan requerida y tan buscada de los grandes emperadores
> con muchos discrímines y peligros de la vida y con gran-
> des pérdidas de las gentes y de sus estados, y cosa que
> el valor della llega hasta Dios, y con ella le servimos y
> veneramos, y somos obligados de perder las haciendas
> y las vidas por sostener y defender la honra de Dios. ¡Y
> que quiera usurpar la honra un ganapán, que no tiene
> otro oficio sino perder la honra y ser la contrariedad
> suya y el último extremo y la más apartada distancia
> que puede haber entre dos extremos! ¡Y sobre la honra
> se desafían y se matan dos ganapanes, como lo harían
> dos caballeros muy apurados en este artículo! [60]

Un texto como el de Villalobos se presta a una interpretación parecida a la del *Lazarillo*, porque, en
efecto, no es el ganapán el culpable de ese trastorno

---

[59] *Eufemia*, Esc. I (En Lope de Rueda, *Eufemia y Armelina*, ed. F. González Ollé, Biblioteca Anaya, 82, pp. 58 y ss.).
[60] *Problemas*, ed. cit., p. 425 *b*.

de los valores, sino la especial situación de la sociedad, que afectaba directamente a Villalobos y de la que él es consciente por completo, como revela en multitud de pasajes y en la anécdota que narra a continuación del texto que hemos transcrito.[61] Y sin embargo, Villalobos, a la vez que defiende en este fragmento una sociedad de castas, muy medieval, se burla del ganapán y de sí mismo, por querer romper ambos con el sistema tradicional del que no pueden salir. Se critica una situación que al mismo tiempo se acepta; el deshonrado consciente se ríe del deshonrado necio. Pero no olvidemos que todo el pasaje está escrito, como el propio autor confiesa, más "para provocar risa" que para demostrar una tesis, aunque ésta exista. No hay compasión para el ganapán, pero tampoco para el propio autor; la risa es lo primero. *El Lazarillo* podría estar en esta línea: obra escrita para provocar la risa de los lectores, sin perdonar nada. Con una tesis, es cierto, pero subordinada al fin principal. Su autor sería un hombre voluntariamente marginado, como supone Lázaro Carreter,[62] con muy buena dosis de escepticismo. Pero aquí es donde cabe matizar. El autor del *Lazarillo* podría ser, efectivamente, un escéptico total, un incrédulo que se ríe de todo y de todos. Nada en el texto nos permite negarlo. Pero tampoco hay nada en él que nos impida afirmar que puede estar escrito por un hombre de la misma vena literaria y mental que la de Villalobos —y no insinúo que el célebre médico sea el autor de la obra—, que sólo es escéptico de tejas abajo, y no de

---

[61] "E por cierto yo soy testigo de un acemilero mancebo que tenía, que, conosciéndole por muy vano, le quise tentar y roguéle que se casase con una hija mía, y respondióme que él lo hiciera de buena voluntad por hacerme placer, mas ¿con qué cara volvería a su tierra, sabiendo allá sus parientes que era casado con mi hija? Digo: 'Tú lo haces como hombre que tiene sangre en el ojo; mas yo te certifico que no entiendo esta tu honra, *ni aun la mía*' ", *ibid.*, p. 425 *b*.

[62] "Sólo a través de esta contemplación del autor como "outsider", como alguien que se pone fuera de la contienda por hastío, aunque era vivamente afectado por ella, admite el *Lazarillo*, para nosotros, aceptable explicación" ("Construcción...", p. 183).

todas. [63] Nos encontraríamos, pues, ante el hecho curioso que explica bien las diversas interpretaciones que ha suscitado la obra: dos escritores, de intenciones e ideologías distintas, al escoger la autobiografía como fórmula novelesca, podían llegar a una muy parecida modelación de la materia. El uno pretendía reírse de todo, sin dejar en pie ni un solo valor; el otro buscaba, sobre todo, provocar la risa en el lector, sin destruir nada, o casi nada, que no estuviese ya puesto en tela de juicio, como la honra o el clero.

En su tiempo el *Lazarillo* fue, desde luego, entendido en este último sentido. Obra divertida, de donaire y anticlerical, pero sin veneno. La prueba más clara nos la da la propia Inquisición. Si en el *Lazarillo* hay rasgos heterodoxos o de incredulidad, estos pasaron inadvertidos a los inquisidores, que, de haber visto algo sospechoso en la interpretación global de la obra, la hubieran suprimido totalmente. En el *Lazarillo* no se pueden aislar tales o cuales pasajes religiosos e interpretarlos por separado. Todos deben referirse al personaje y a su mentalidad, y, por lo tanto, al sentido último de la obra. Las supresiones de la Inquisición no afectan en nada al contenido profundo del libro, y sí sólo a un anticlericalismo de corteza y a algunas irreverencias evidentes. [64] Todos aquellos pasajes que podrían

---

63 El cristianismo de Villalobos no puede, al menos en sus escritos, ponerse en tela de juicio, aunque cuenta anécdotas irreverentes y anticlericales, y él sea de origen converso.

64 Se suprimen íntegros los Tratados Cuarto y Quinto; desaparecen las dos maliciosas referencias al clero en general ("no nos maravillemos de un clérigo ni fraile..." [p. 94], y "no sé si de su cosecha era..." [p. 114]; se eliminan las dos alusiones contra el sistema ("que hoy día se usan en palacio, y a los señores dél parece bien y no quieren ver en sus casas hombres virtuosos, antes los aborrescen y tienen poco y llaman nescios y que no son personas de negocios ni con quien el señor se puede descuidar. Y con éstos los astutos usan, como digo, el día de hoy de lo que yo usaría" [p. 152], y "viendo que no hay nadie que medre sino los que le tienen [el oficio real]" [p. 173]); se suprimió el juramento "sobre la hostia consagrada" (p. 176), e imprimen "alumbrado no sé de quién" en lugar de "alumbrado por el Espíritu Sancto" (p. 118). Los expurgos de la edición de Sánchez se extienden a algunas otras frases, que Velasco no había considerado peligrosas.

ser indicativos de actitudes heterodoxas o incrédulas
—menciones irónicas de Dios, parodia de la Eucaristía,
burla de la Extremaunción, etc.— pasaron inadvertidos
a los ojos de López de Velasco, junto con los tratados
Segundo y Séptimo en los que el clero regular queda
tan mal parado. Para López de Velasco, que leyó con
gran cuidado la obra como denotan sus correcciones
estilísticas, y para los inquisidores que debían juzgar un
libro ya prohibido, [65] estos pasajes no representaban
nada anormal que pudiera atentar contra la religiosidad
postridentina de los lectores; más aún: ni siquiera había
llegado a sus oídos ninguna interpretación del libro que
denunciara la malicia contenida en sus páginas, de lo
contrario, Velasco no podía ser tan iluso como para
propugnar su impresión, que vería la luz en compañía
de las obras de Castillejo y de Torres Naharro. Años
más tarde, la situación en la crítica tampoco había cam-
biado, porque Fr. José de Sigüenza se enorgullece de
poder atribuir la novela a Fr. Juan Ortega, que había
sido, nada menos, general de los jerónimos.

VI. EL ESTILO [66]

Hemos visto, al tratar de la estructura del *Lazarillo*,
cómo su autor se sirve de dos sistemas estructurales
distintos que producen un evidente desequilibrio en la
constitución de la obra. Estilísticamente el *Lazarillo* no
es tampoco uniforme, ni podía serlo porque de otro
modo se hubiera perdido todo el artificio, extraordina-

[65] "...con licencia del Concejo de la Santa Inquisición y de
su Majestad se emendó de algunas cosas por que se había prohibido", comenta López de Velasco en el prólogo.
[66] El estilo del *Lazarillo* ha sido estudiado globalmente por
G. Siebenmann, *Über Sprache und Stil im Lazarillo de Tormes*,
Berna, 1953; y parcialmente por Salvador Aguado Andreut,
Algunas observaciones sobre el L. de T., Guatemala, Edit. Universitaria, 1965, quien sigue el método de Spitzer con interesantes
observaciones. *Vid.* también Emilio Carilla, "Cuatro notas sobre
el *Lazarillo*", RFE, XLIII (1960), pp. 106-112.

rio, que vertebra la obra: la autobiografía de un personaje de ínfima condición social que pretende justificar cínicamente su deshonra.

Los dos Lázaros, el niño y el pregonero, son dos protagonistas psicológicamente distintos, aun cuando el segundo sea producto y consecuencia del primero. Y esta doble personalidad es advertida de inmediato por el lector sin esfuerzo crítico alguno; por eso simpatiza con el niño desvalido. Con la figura del Lázaro pregonero, vil y cínico, ocurre, en cambio, lo contrario: el lector no se identifica con él, sino con el auténtico autor de la obra con quien se aúna en su desprecio por el personaje. En este sentido el *Lazarillo* puede dividirse en dos partes nítidamente diferenciadas: por un lado, el prólogo, presentación de los padres y los tratados Sexto y Séptimo; por otro, el grueso de la narración, que tiene como protagonista a Lazarillo.

En la parte correspondiente al Lázaro hombre domina lo autobiográfico, lo subjetivo; en la del niño, prevalece, en cambio, la facecia, la anécdota, la descripción más o menos objetiva de la realidad, aunque estos cuentecillos condicionen su comportamiento y estén jalonados por sus introspecciones infantiles.

Esta dualidad, que ha motivado las diversas interpretaciones de la novela y que es producto de la propia estructura de la obra, se refleja, o mejor, se hace patente en los recursos estilísticos de que se sirve el autor. Al escoger la fórmula autobiográfica, se ve obligado a seguir el punto de vista del personaje para no faltar al decoro; pero como este personaje expresa una ideología opuesta a la de su autor, éste sólo cuenta, para indicar cuál es su auténtico pensamiento, con un medio: la ironía. Y, en efecto, toda la parte que tiene como protagonista al Lázaro hombre —prólogo, presentación de los padres y tratados Sexto y Séptimo— está dominada por la ironía y la antífrasis, procedimiento económico, pero difícil, porque depende del contexto. El autor es maestro en el uso de esta figura que consigue incluso por medio tan sutil como es el ritmo de la frase. [67]

El resto del libro, de mayor complejidad estructural, era, sin embargo, más fácil de resolver en el aspecto estilístico. El *Lazarillo* se escribe en una época en que está de moda el relato de facecias y cuentecillos tradicionales, y es también el momento de gran difusión de la Retórica. Los estudiantes practicaban sus conocimientos retóricos relatando en distintos estilos anécdotas, fábulas, dichos y hechos célebres —las llamadas *chrias*—, que se incorporaban como ejemplos o como digresiones en el discurso oratorio. El autor del *Lazarillo* conoce bien esta tradición y se aprovecha hábilmente de ella en el grueso de la obra, constituido, como ya se ha indicado, por numerosas facecias de mayor o menor extensión. En esta parte, la ironía como recurso general cede el paso a todos aquellos artificios que recomendaba la retórica para conseguir la *evidentia* de la narración, esto es, que el lector se represente la escena como si la estuviera viendo. Los recursos retóricos aptos para lograr *evidencias* son numerosos, y a todos ellos acude el anónimo escritor: descripciones minuciosas, o rápidas, según el tipo de anécdotas y su finalidad funcional; [68] discordancias temporales; [69] diálogos, poco

---

[67] En el prólogo, por ejemplo, el ritmo de la frase no corresponde al estilo "humilde" exigido por la condición social e intelectual del protagonista, pero sí, en cambio, a su psicología: Lázaro quiere alcanzar fama como escritor. La ironía domina también en el diálogo y relato autobiográfico del escudero. Es personaje éste que, como Lázaro, quiere también justificar cínicamente su situación. Tal para cual.

[68] "Levantóse *muy* paso con su garrote, y al tiento y sonido de la culebra se llegó a mí con *mucha* quietud por no ser sentido de la culebra. Y como cerca se vio, pensó que allí, en las pajas do yo estaba echado, al calor mío se había venido. Levantando *bien* el palo, pensando tenerla debajo y darle *tal garrotazo* que la matase, con *toda* su fuerza me descargó en la cabeza un *tan gran* golpe, que sin *ningún* sentido y *muy mal* descalabrado me dejó" (p. 126).

[69] "...y *da* con la cabeza en el poste, que *sonó* tan recio como si diera con una gran calabaza, y *cayó* luego para atrás..." (p. 112).

significativos, pero que imprimen un tono dramático a la escena; [70] intensificaciones, [71] etc.

Con estos dos procedimientos generales que constituyen la estructura estilística de la obra —siempre supeditada, claro está, a la construcción novelesca—, [72] consigue el autor presentarnos la tesis de su obra —por medio de la ironía— y, a la vez, deleitar al lector con unas facecias narradas verosímilmente, que condicionan, además, el desarrollo psicológico del protagonista. Sin embargo, como en el *Lazarillo* el ingrediente cómico es de gran importancia, su autor acude constantemente a todas aquellas figuras y recursos lingüísticos que puedan provocar la risa en el lector. No tienen otra función las *perífrasis* ("queriendo asar al que de ser cocido, por sus deméritos, había escapado" [p. 107]; "al que me mataba de hambre" [p. 119]; "todas aquellas causas se juntaron y fueron causa que lo suyo fuese devuelto a su dueño" [p. 108]); las *antítesis* ("el día que

---

[70] "Tío, el arroyo va muy ancho; mas si queréis, yo veo por donde travesemos más aína sin nos mojar, porque se estrecha allí mucho, y saltando pasaremos a pie enjuto" (p. 111). Cuando el autor quiere mover a risa por medio del diálogo acude a la ironía y a la antífrasis: "Pues vente tras mí —me respondió—, que Dios te ha hecho merced en topar conmigo" (p. 130), o "Cómete eso, que el ratón cosa limpia es" (p. 121). Pero huye de incorporar otros recursos al diálogo, sin duda para guardar el decoro.

[71] "Mas también quiero que sepa Vuestra Merced que *con todo lo que adquiría y tenía, jamás tan avariento ni mezquino hombre no vi, tanto, que me mataba a mí de hambre* y así *no me demediaba* de lo necesario. Digo verdad: si con mi *sotileza* y *buenas mañas* no me supiera remediar, *muchas veces me finara de hambre*; mas *con todo su saber y aviso le* contaminaba *de tal suerte, que siempre, o las más veces*, me *cabía lo más y mejor*. Para esto le hacía burlas *endiabladas...*" (p. 98). La misma finalidad intensificadora tienen las comparaciones y símiles ("hacíase entre ellos un Santo Tomás" [p. 159]; "diciéndoles más dulzuras que Ovidio escribió" [p. 138]; "decía que Galeno no supo la mitad que él" [p. 97]; "mas no había piedra imán que así atrajese a sí" [p. 100]; "como quien toma gragea" [p. 120]); la acumulación ("cuitado, ruin y lacerado de mi amo" [p. 117]); la polisíndeton ("y en mi secreta oración y devociones y plegarias" [p. 119]); los superlativos ("sagacísimo ciego" [p. 105]; "cumplidísima nariz" [p. 108]); o metáforas ("paraíso panal" [p. 119]; "su trompa" [p. 108]).

[72] Véanse para este aspecto las páginas que dedica Lázaro Carreter ("Construcción...") al Tratado Tercero.

enterrábamos, yo vivía" [p. 117]; "acabamos de comer,
aunque yo nunca empezaba" [p. 121]; "matábalos por
darme a mí vida" [p. 117]); los *zeugmas* ("porque verá
la falta el que en tanta me hace vivir" [p. 120]; "se fue
muy contento, dejándome más a mí" [p. 118]); las *paro-
nomasias* ("hará falta faltando" [p. 124]; "En fin, yo
me finaba de hambre" [p. 119]; "nueve/nuevas", "La-
zarillo/lacerado" [p. 107]); las *deslexicalizaciones* ("rehacer no la chaza, sino la endiablada falta" [p. 99];
"por no echar la soga tras el caldero" [p. 95]; "el negro
de mi padrastro" [p. 93]).

La estructura de la frase y el ritmo dependen de
causas muy diversas. El autor procura evitar el hipérbaton y sólo lo utiliza en contadas ocasiones para conseguir el *homeoptoton* ("que en casa del sobredicho
Comendador no entrase, ni al lastimado Zaide en la
suya acogiese" [p. 95]; "de lo que al presente padecía,
remedio no hallaba" [p. 117]), que es, en definitiva, un
medio de lograr el *isocolon*, muy grato al escritor ("para
mostrar cuánta virtud sea saber los hombres subir siendo
bajos y dejarse abajar siendo altos cuánto vicio" [p.
97]; "mi trabajosa vida pasada y mi cercana muerte
venidera" [p. 132]). Esta figura puede desembocar en
la antítesis, como en el último ejemplo, en la gradación
("por lo cual fue preso y confesó y no negó y padesció..." [p. 92]), o en la acumulación ("allí se me representaron de nuevo mis fatigas y torné a llorar mis
trabajos; allí se me vino a la memoria...; en fin, allí
lloré mi trabajosa vida pasada y mi cercana muerte
venidera" [p. 132]). Suelen aparecer estas figuras en
aquellos momentos en que la gravedad de la situación
lo exigiría, como en algunas reflexiones del protagonista,
gravedad que se matiza de ironía al funcionar en un
contexto jocoso y coloquial. Las similicadencias no son
frecuentes —menos que el *homeoptoton*— ("preñada de
mí, tomóle el parto y parióme allí" [p. 92]); sí, en
cambio, es característico del estilo del *Lazarillo* el uso
de la sinonimia y de la acumulación, que se alcanza

por coordinación y yuxtaposición; consigue el autor con estas figuras intensificaciones como las ya señaladas cuando los elementos no son meros sinónimos, pero en otros casos su presencia obedece al deseo de crear un ritmo binario, más armónico y renacentista, y un estilo más abundante: "Y viendo que aquel remedio de la paja no me *aprovechaba* ni *valía,* acordé en el suelo del jarro hacerle una *fuentecilla y agujero sotil*" (p. 100); "un rostro *humilde* y *devoto,* que con muy buen continente ponía cuando rezaba, sin hacer *gestos* ni *visajes* con *boca* ni *ojos* como otros suelen hacer" (p. 97).

La extensión de la frase depende de la función narrativa que tenga su contenido. Cuando el autor acude a la descripción de una acción, la oración se ramifica, por lo general, en numerosas subordinadas que dependen de una principal situada al final del período, con lo cual se consigue una tensión apropiada al contenido. [73] Como contrapartida, las unidades temáticas pueden cerrarse con una frase breve, de carácter sentencioso, y, con frecuencia, con un juego de palabras o una ironía. [74]

El *Lazarillo,* por el decoro del personaje, debe estar escrito en estilo humilde o cómico —"grosero" dirá su protagonista—. [75] Su lengua, al igual que la condición

[73] "Estando recibiendo aquellos dulces tragos, mi cara puesta hacia el cielo, un poco cerrados los ojos para mejor gustar el sabroso licor, sintió el desesperado ciego que agora tenía tiempo de tomar de mí venganza, y con toda su fuerza, alzando con dos manos aquel dulce y amargo jarro, le dejó caer sobre mi boca, ayudándose como digo con todo su poder, de manera que el pobre Lázaro, que de nada desto se guardaba, antes, como otras veces, estaba descuidado y gozoso, verdaderamente me pareció que el cielo, con todo lo que en él hay, me había caído encima" (p. 101).

[74] "Finalmente el clérigo me recibió por suyo" (p. 113); "No supe más de lo que Dios dél hizo ni curé de lo saber" (p. 112); "Finalmente yo me finaba de hambre" (p. 114); "Y así quedamos todos tres bien conformes" (p. 176); "Desta manera no me dicen nada y yo tengo paz en mi casa" (p. 177).

[75] En un prólogo normal la alusión al "estilo grosero" no sería más que un tópico propio del exordio. En el *Lazarillo,* el tópico cumple la función de poner al descubierto la mentalidad del protagonista: Lázaro quiere utilizar el tópico de la *rusticitas,*

de sus personajes y las situaciones, tiene que mantenerse dentro de los límites permitidos por la retórica. El
estilo humilde tiende a una lengua de uso habitual, en
la que se permite todo tipo de palabras 'bajas', como
jarro, narices, cogote, etc., impensables en los otros estilos, así como se exige la presencia frecuente de refranes
y de frases hechas, o de barbarismos y solecismos. Son
artificios que el autor utiliza sabiamente para dar ese
tono coloquial, natural que recorre toda la obra y que
produce en el lector la sensación de estar leyendo una
epístola hablada. Huye, como Boscán, como Garcilaso,
como Valdés, de la afectación, lo que no significa el
abandono de la retórica, sino el rechazo de una retórica,
la medieval, para aceptar de lleno las normas de Quintiliano. Por eso su vocabulario y su sintaxis se mantienen
en un término medio, ni arcaizantes ni innovadores en
exceso; [76] por eso gusta del ritmo binario; por eso huye
del hipérbaton y busca el *isocolon*; por eso puede escribir un prólogo como el que abre la obra; por eso, en
fin, puede salpicar su obra de sales. El *Lazarillo* es
renacentista porque sigue a Quintiliano.

VII. EL AUTOR

El problema de la autoría es, como hemos visto, inherente al de la interpretación de la obra. Nos falta
un testimonio firme que asegure, sin lugar a dudas,
la paternidad del *Lazarillo*; y este testimonio, hasta la
fecha, no ha aparecido. La primera atribución surge ya
tardíamente. Se debe a Fr. José de Sigüenza que al

---

cuando en realidad no tiene otro estilo que el "grosero", dada
su condición social.
[76] Para la sintaxis vid., sobre todo, el citado libro de Siebenmann. En Burgos aparece algún arcaísmo como *fasta* (p.
132), que puede tratarse de una errata; en otra ocasión se
utiliza *ca*, como causal, pero no es voz infrecuente en textos
de la época. No son extraños los cultismos e italianismos (*instituidas, propicios, deméritos, amicísimo*), que ya eran patrimonio común.

tratar en 1605 [77] de la vida de Fr. Juan Ortega, que fue general de los jerónimos de 1552 a 1555, escribe: "Dicen que siendo estudiante en Salamanca, mancebo, como tenía un ingenio tan galán y tan fresco, hizo aquel librillo que anda por ahí llamado *Lazarillo de Tormes*, mostrando en un sujeto ['tema'] tan humilde la propiedad de la lengua castellana y el decoro de las personas que introduce, con tan singular artificio y donaire, que merece ser leído de los que tienen buen gusto. El indicio desto fue haberle hallado el borrador en la celda de su propia mano escrito". Lo de 'estudiante de Salamanca' es recuerdo evidente de la *Celestina* y, por tanto, de escaso valor. El 'indicio' del 'borrador' autógrafo se presta a diversas interpretaciones, dado que realmente llegara a existir tal manuscrito: que no fuera autógrafo, o bien que no fuera borrador y sí una copia autógrafa de un manuscrito o de un impreso. No es imposible que un monje jerónimo redactara la obra —si se interpreta como libro que debe ser leído en un plano cómico—, pero los datos que suministra Fr. José son poco precisos y ni él mismo, fiel a su deber de historiador escrupuloso, está seguro de ellos ("Dicen..."). En 1607 Valerio Andrés (*Catalogus clarorum Hispaniae Scriptorum*) y en 1608 el Padre Schott (*Hispaniae Bibliotheca*) atribuyen el libro, sin gran convicción ("Se cree..."), a Don Diego Hurtado de Mendoza (1504-1575). Esta atribución ha hecho fortuna, en especial durante el siglo XIX, pero carece por completo de valor. [78] Don Diego, excelente prosista por lo demás, tuvo en vida fama de escritor de sales, y no es extraño que, puestos a buscarle autor a la obra, algunos lectores pensaran en el culto y divertido personaje.

77 *Historia de la Orden de San Jerónimo*, NBAE, 12, Madrid, 1909, II, p. 145 b. Sobre Ortega vid. Bataillon (*Novedad...*, pp. 19 y ss.) y Claudio Guillén (en su edición del *Lazarillo...*, N. Y., 1966, pp. 34-35).
78 Vid., sobre todo, A. González Palencia ("Leyendo el *L. de T.*", en *Del Lazarillo a Quevedo*, Madrid, CSIC, 1946, pp. 21-30).

En este siglo el *Lazarillo* ha sido atribuido a Juan de
Valdés, a Sebastián de Horozco —con más sólidos argumentos—, e incluso se ha pensado en Pedro de Rúa
y en Hernán Núñez, el comendador griego. [79] El criterio
utilizado, basado en concordancias expresivas, temáticas y espirituales —lejanísimas en los dos últimos— es
inseguro y depende en gran parte de la interpretación
que demos a la obra, que, como hemos visto, es ambigua y no se presta con facilidad a un encasillamiento
ideológico.

VIII. DIFUSIÓN E INFLUJO

No deja de ser paradójico que la mejor novela del
siglo XVI, al gusto del lector actual, tuviera en su tiempo
un éxito editorial limitado, en comparación con otras
obras como el *Marco Aurelio*, la *Diana* o las poesías
de Garcilaso. Hasta 1600 se imprime: en 1554 (tres
veces); en 1555; en 1573 (expurgado); en 1587; en
1595; y en 1599 (dos veces). Nueve ediciones en cerca
de cincuenta años, que es cifra muy reducida, y más
si tenemos en cuenta que los impresos expurgados de
1599, de Madrid y Barcelona, están motivados por el
éxito del *Guzmán de Alfarache*. [80] La edición impresa
en Milán en 1587 —sin expurgar— nos presenta la obra
como "ya casi olvidada y del tiempo carcomida", y no
se trataba de un tópico, puesto que sus ejemplares se
vendieron mal y pasaron a manos del impresor de Bérgamo que los dio al mercado en 1597 con portada

---

[79] Vid. el mencionado artículo de M. J. Asensio ("La intención religiosa..."); el prólogo de Julio Cejador a su edición
del *Lazarillo* (Clásicos Castellanos, 21) y, especialmente, Francisco Márquez Villanueva ("Sebastián de Horozco y el *Lazarillo*",
RFE, XLI [1957], pp. 253-339); y A. Rumeau (*Le Lazarillo
de Tormes: essai d'interprétation, essai d'attribution*, Paris,
1964).

[80] Vid. Claudio Guillén, "Luis Sánchez, Ginés de Pasamonte
y los inventores del género picaresco", *Homenaje a Rodríguez-
Moñino*, Madrid, Castalia, 1966, I, pp. 221-231 (recogido ahora
en *Literature as System*, Princeton, 1971).

distinta. [31] La explicación de este escaso éxito editorial parece sencilla: el *Índice* de 1559 cortó la difusión de la obra en el momento en que podía ser mejor entendida. Cuando vuelve a aparecer en 1573, lo hace expurgada, y el gusto del público estaba decantado quizá hacia otro tipo de lecturas. Pero, ¿qué ocurrió entre 1555 y 1559? ¿Por qué no hubo más ediciones? ¿O existió ya desde 1555 una tácita prohibición? No lo sabemos. Lo cierto es que la edición de Alcalá se presenta con añadidos para mayor reclamo, y que los ejemplares de Nucio se hallan encuadernados con la *Segunda Parte* apócrifa, impresa en 1555. [32] Nucio tenía el privilegio para editar la obra y, sin embargo, en 1555 la imprime Simón, también con la *Segunda Parte*. ¿Difícil salida del libro o intuían ya mal año para el *Lazarillo* los avispados editores de Amberes? Y si hubo más ediciones perdidas entre 1555 y 1559, ¿por qué no han dejado huella alguna en la transmisión textual?

Creo, con A. Rumeau, que el *Lazarillo* no fue en España buen negocio editorial. Que, sin embargo, el libro fue leído, y muy bien, por la gente 'de buen gusto', como neoclásicamente nos dirá el P. Sigüenza, es una realidad. Conocen la obra, posiblemente, Horozco y Timoneda —de gusto, por cierto, dudoso—, y lo citan Zurita, Eugenio de Salazar, Simón Abril, Pineda y Góngora, entre otros. [83] Y el *Lazarillo* tuvo la suerte de encontrar dos lectores excepcionales: Cervantes y Mateo Alemán. Dos estilos y dos lecturas distintas, pero fue este último, Alemán, quien entendió la tesis implícita en la obra y sus rasgos más característicos, aprovechándolos con intenciones novelescas diferentes. Entre los

[81] Vid. A. Rumeau, "Notes au *Lazarillo*: Des éditions d'Anvers, 1554-1555, à celles de Milan, 1587-1615", *BHi*, LXVI (1964), pp. 272-293.

[82] Vid. A. Rumeau, "Notes au *Lazarillo*: les éditions d'Anvers, 1554-1555, de la *Vida de Lazarillo* et de *La Segunda Parte*", *BHi*, LXVI (1964), pp. 257-271.

[83] Acopio de alusiones anteriores a 1599 en Francisco Rico ("Cuestión disputada: la fama del *Lazarillo*", capítulo tercero de *La novela picaresca y el punto de vista*), donde discute las opiniones de Guillén y Rumeau.

muchos méritos propios, el *Lazarillo* posee uno que pocos libros y autores llegan a alcanzar: introducir un género nuevo, en este caso la novela picaresca, de tanta importancia para el desarrollo de la narrativa posterior.[84]

En cuanto a las continuaciones del *Lazarillo*, baste indicar que la primera se imprimió, como se ha dicho, en Amberes, en las prensas de Nucio en 1555, con el título de *La Segunda parte de la vida...* Es novela de transformaciones, a imitación de Apuleyo, cuyo sentido último permanece sin aclarar totalmente. La segunda continuación no aparece hasta 1620, con el mismo título que la impresa en 1555. Su autor es Juan de Luna, profesor de español en París y predicador protestante.[85] Es obra desenfadada y satírica, en la que Luna no perdona ocasión para zaherir violentamente a sus enemigos más significativos: la inquisición y el clero.

Las restantes obras que utilizan el nombre del protagonista, como el *Lazarillo de Manzanares* (Madrid, 1620) de Juan Cortés, poco tienen que ver con el original, hasta el punto de que alguna de ellas no es otra cosa que una descripción en verso de una ciudad, como ocurre con el *Lazarillo de Badalona.*[86]

IX. PROBLEMAS TEXTUALES Y CRITERIO DE LA PRESENTE EDICIÓN

Sólo un comprensible desconocimiento de los métodos de la crítica textual aplicados a textos romances y en especial a los españoles justifica que un libro sin

---

[84] Vid. Fernando Lázaro, "Para una revisión del concepto *novela picaresca*" [1968], *ATCIH*, México, 1970, pp. 27-45 (recogido ahora en '*Lazarillo de Tormes*' *en la picaresca*, pp. 193-229).

[85] Sobre la *Segunda Parte* vid. Richard E. Zwez, *Hacia la revalorización de la Segunda Parte del Lazarillo (1555)*, Madrid, Edit. Castalia, 1970. La *Segunda Parte* de Luna ha sido más afortunada y suele imprimirse acompañando al *Lazarillo*, en lugar de la de 1555. Consúltese a Martín de Riquer, *Celestina y Lazarillos*, ed. cit., con una importante introducción a Luna.

[86] Cf. Richard E. Zwez, *Lazarillos raros: Lazarillo de Badalona, Life and Death of Young Lazarillo, Lazarillo de Duero*, Madrid, Edit. Castalia, 1972.

apenas complicaciones en su transmisión haya podido ser obstáculo insalvable para críticos y editores hasta fechas relativamente recientes. Sin pecar por omisión, podemos afirmar que, hasta la edición de Alfredo Cavaliere [87] impresa en 1955 no se aplica al *Lazarillo* el método lachmaniano que, como es sabido, en condiciones óptimas —y el *Lazarillo* casi las reúne— es bastante seguro. La edición crítica llevada a cabo por José Caso en 1967, [88] más completa que la de Cavaliere, y el artículo-reseña de Francisco Rico [89] sobre la edición de Caso han dejado el problema prácticamente resuelto.

Para evitar prolijidad no mencionaré las teorías más o menos subjetivas y gratuitas que hasta la edición de Cavaliere se han sostenido. Son teorías interesantes para una futura historia de la crítica textual, pero ya no afectan a la edición del *Lazarillo*. En las introducciones de Cavaliere, de Rico, de Caso y en el libro de Del Monte [90] el lector hallará amplio resumen de todas las hipótesis que se han forjado hasta la fecha. Me limitaré a exponer las conclusiones que, hoy por hoy, parecen firmes e indiscutibles.

1) *Ninguno de los tres textos de 1554 —A, B y C—* [91] *puede ser fuente de los otros dos.*

En efecto, los tres textos son independientes, porque así lo demuestran las variantes. Si dos textos derivaran

---

[87] *La vida de L. de T. y de sus fortunas y aduersidades,* Nápoles, 1955.

[88] *La vida de L. de T. y de sus fortunas y adversidades, BRAE,* Anejo XVII, Madrid, 1967.

[89] *HR,* XXXVIII (1970), pp. 405-419.

[90] *Itinerario de la novela picaresca española,* pp. 22-25.

[91] He cotejado los tres textos primitivos en la edición facsímil impresa en Cieza en 1959 (*El Lazarillo de Tormes* [Alcalá de Henares, Burgos y Amberes, 1554], Noticia Bibliográfica de E. Moreno Báez). He utilizado también, por supuesto, las ediciones críticas de Cavaliere y Caso. Las siglas de que me sirvo son las siguientes: *A* (Alcalá, 1554); *B* (Burgos, 1554); *C* (Amberes, 1554); *S* (Simón, 1555); *V* (Velasco, 1573); *M* (Milán, 1587); *P* (Plantin, 1595). Las variantes se citan por la edición de Caso; la numeración romana corresponde a los *Tratados*; la arábiga, a la nota correspondiente de Caso.

de un tercero, éste contendría prácticamente todas las variantes de los dos y sólo por casualidad —o por coincidencia en la corrección de una errata— estos dos textos leerían en común frente al otro. En el caso del *Lazarillo*, *B* y *C* discrepan de *A* unas ciento diez veces; *A* y *C* de *B* ciento una; y *A* y *B* de *C* treinta y ocho veces, sin contar las erratas evidentes. [92]

Por tanto, cuando Alcalá se presenta como "segunda impresión" debe referirse forzosamente a una edición impresa antes del 26 de febrero de 1554, fecha de su colofón, y que no es la edición de Burgos ni la de Amberes.

2) *Alcalá y Amberes son ramas de una misma familia.*

Los errores comunes, lagunas y variantes significativas demuestran que *A* y *C* pertenecen a una misma familia y *B* a otra:

I.47 *B*: y su llave, y al meter de las cosas y sacallas era con tan gran vigilancia y tanto por contadero que no bastara hombre en todo el mundo.

AC: y llave, y al meter de las cosas y sacallas era con tanta vigilancia y tan por contadero que no bastara todo el mundo.

II.112 *B*: recontaba.

AC: contaba.

III.89 *B*: nadie te lo verá hacer

A: nadie te lo vea hacer

C: nadie te lo vee hacer

III.138 *B*: no errábades vos en no quitárselo

AC: no errábades vos en quitárselo

[92] La lista puede verse en la edición de Caso, pp. 33-42.

III.152 *B*: docientas veces mil maravedís

  A: docientas mil maravedís

  C: docientos mil maravedís

III.155 *B*: y las más y las más ciertas

  A: y las más ciertas

  C: y lo más más cierto

III.189 *B*: Finalmente, después de dadas muchas voces, al cabo carga un porquerón con el viejo alfamar de la vieja aunque no iba muy cargado.

  AC: y aunque no iba muy cargado

V.34 *B*: y comenzó a que muy devotamente

  AC: y comenzó aquí muy devotamente.

He escogido estos casos en los que me parece evidente el error común de *AC* frente a *B*. Pocos ejemplos podríamos entresacar de errores comunes de *AB* frente a *C* y de *BC* frente a *A*. Sucede, además, que mientras *A* y *C* son textos bastante cuidados —*A* corrige y añade, y *C* cuida mucho la puntuación—, *B* suele ser desaliñado y sin afán corrector, por lo que no se entiende que pudiera corregir los errores, tan difíciles de observar, en *A* y *C*. Por lo tanto debemos aceptar que *B* no es la misma familia que *AC*. Así, no podemos establecer el estema

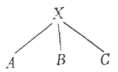

en el que *X* sería la edición perdida base de todas ellas. El único estema que puede explicar las variantes es el que propone Cavaliere, aceptado por Rico y rechazado por José Caso que lo considera en exceso elemental:

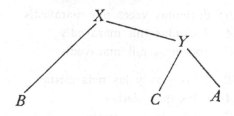

Es necesario, pues, remontarse a dos ediciones perdidas, X e Y; puede haber más textos desaparecidos, pero el estema apenas se altera.

3) *A, B y C proceden de ediciones perdidas y no de manuscritos.*

Quiero hacer hincapié en esta conclusión porque con ella pretendo aclarar un problema que en los últimos años ha sido piedra de toque de los editores del *Lazarillo.* José Caso y A. Rumeau [93] son los críticos que han postulado con mayor firmeza la existencia de distintos manuscritos utilizados por los impresores antiguos. José Caso, después de un análisis detenido de las variantes, llega al siguiente estema:

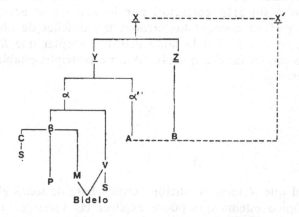

[93] "Sur les *Lazarillo* de 1554. Problème de filiation", *BHi,* LXXI (1969), pp. 476-499.

En este estema, [94] X y X' representan dos redacciones manuscritas del *Lazarillo* —X' llevaría los añadidos de Alcalá—; X y Z "los arquetipos que teóricamente han podido ser manuscritos"; y las letras griegas α, α' y β "los [arquetipos] que teóricamente han sido impresos" José Caso, por tanto, llega a la conclusión de que Burgos procede de un manuscrito Z; Amberes (C) de un manuscrito Y, a través de unas ediciones perdidas α y β; y Alcalá (A), del mismo manuscrito, a través de una edición α', y a su vez tuvo presente un manuscrito derivado de X', segunda redacción de X.

El profesor Rumeau, después de rechazar cualquier tipo de filiación entre las ediciones A, B y C, concluye que éstas son independientes entre sí y, por consiguiente, no pueden derivar de un arquetipo común a las tres

[94] Ya en prensa este prólogo, ha aparecido un nuevo artículo de José Caso González ("La primera edición del *L. de T.* y su relación con los textos de 1554", *Studia Hispanica in Honorem R. Lapesa*, I, Madrid, 1972, pp. 189-206). Caso modifica ligeramente su estema:

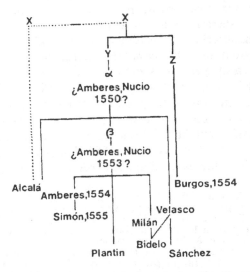

Los mismos argumentos que aducimos para discutir su estema anterior son válidos para éste.

—ya hemos visto que *A* y *C* sí proceden, como indican los errores comunes, de un arquetipo común a ambas—. Así, pues, cada edición derivaría de una edición perdida, asimismo independiente. Nos encontraríamos, según esto, ante un callejón sin salida, cuya solución sería sencilla: las ediciones de 1554 se remontarían en última instancia a tres manuscritos diferentes: [95]

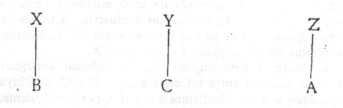

Ya F. Rico, en su reseña de la edición de José Caso, puso serias objeciones a la existencia de un *X'* compulsado pacientemente por el impresor de Alcalá Salcedo. Pero se encuentra inerme para rebatir la presencia de los manuscritos *Y* y *Z*. Y es que el cotejo de las variantes, aunque demuestre que ocurren errores comunes en los tres textos, no puede aclararnos si estos errores estaban en un arquetipo común impreso o en unos manuscritos. Parece, a la vista de ello, que la crítica textual se halla impotente para solventar un problema en el que varias hipótesis son posibles.

La solución, sin embargo, existe y es tan elemental, que por esto mismo ha pasado inadvertida, que yo sepa, hasta ahora. La llave que nos abre los secretos de la transmisión textual del *Lazarillo* no es otra que la *puntuación* de los tres textos de 1554. Un cotejo somero de *A*, *B* y *C* demuestra cómo las tres ediciones mantienen

---

[95] A. Rumeau, "Sur les *Lazarillo* de 1554", p. 490: "Nous ne voyons pas d'autre issue à notre impasse. Avans nos trois éditions, il y a un ou des manuscrits. Les distances d'une part, et d'autre part la loi de la fidélité de l'imprimeur à son modèle, nous conduiront à dire: trois manuscrits. Il faut donc ajouter, sauf improbable découverte: trois princeps dont une seule, celle d'Anvers, devint prototype, tandis que les deux autres, plus efficacement stérilisées par la censure, restaient sans descendance".

una idéntica distribución de los signos de puntuación. Veamos, sin ir más lejos, el prólogo:

```
1
A: Yo por bien tengo que cosas tan señaladas: y por ventura nunca
B:                                          :
C:                                          ,

2
A: nunca oídas, ni vistas: vengan a noticia de muchos: y no se
B:            [,]        :                            :
C:            ,          ,                            ,

3
A: entierren en la sepultura del olvido: pues podría ser que al-
B:                                     /
C:                                     ,

4
A: guno que las lea, halle algo que le agrade. Y a las que
B:               /                            .
C:               ,                            .

5
A: no ahondaren tanto, los deleite, y a este propósito dice Plinio:
B:                  [,]          /                               :
C:                  :           ,                    , dice      :

6
A: que no hay libro por malo que sea: que no tenga alguna cosa buena.
B:                                  /                              .
C:                                  ,                              .

7
A: Mayormente que los gustos no son todos unos: mas lo que uno no
B:                                            :
C:                                            ,

8
A: come, otro se pierde por ello.
B:     :                        .
C:     ,                        .
```

En este ejemplo, la puntuación, salvo en contados casos, no varía. Sí lo hacen los sistemas de puntuación, puesto que Burgos utiliza los 'dos puntos' y la 'barra' para indicar pausa breve; Alcalá los 'dos puntos' y la 'coma'; y Amberes, más innovador, reserva los 'dos puntos' para las situaciones de uso actual, y la 'coma' en los demás casos. Podría objetarse que el sistema antiguo de puntuación era similar en las imprentas y que por tanto es lógico que coincidan. En efecto, pueden coincidir, pero no en número tan abultado de veces e imposible en determinados casos. Me refiero a aquellos en los que existen errores de puntuación, suficientes y

claros para demostrar que los tres textos se remontan
a un impreso común, y no a manuscritos:

1) *ABC*: pues podría ser que alguno que las lea, halle
algo que le agrade. Y a los que no ahondaren tanto

2) *ABC*: y como podía las comía, acabado el racimo

3) *ABC*: y díjome por mi vida que paresce buen pan

4) *ABC*: y tórnome a mi menester con baja y enferma voz inclinadas las manos... comienzo

Y, sobre todo, en el uso del paréntesis:

1) *ABC*: y al tiempo de comer (fingiendo haber frío)
entrábame

2) *ABC*: el cual (como suelen decir) hace al ladrón

3) *ABC*: o (por mejor decir) mis pecados

4) *ABC*: (que de cañuto era)

5) *BC*: (según mi desastre quiso)
A : según mi desastre quiso([sic]

6) *ABC*: (como crió el mundo)

10) *ABC*: (me respondió)

12) *ABC*: (por quitar y privar a los presentes de tan
grande bien)

Un análisis más detenido pone de manifiesto ciertas
peculiaridades de los tres cajistas y apoya, como sucede
en el cotejo de variantes, la fidelidad de Burgos al texto
base. Ya hemos indicado antes que Alcalá y Amberes
proceden de una misma familia y Burgos de otra; así,
siempre que *A* o *C* lean en compañía de *B* nos repro-
ducirán la lectura que se hallaba en el arquetipo impreso. El cotejo de la puntuación revela que *A* y *B* son

muy fieles al arquetipo, puesto que mantienen los mismos errores, en tanto que *C*, más cuidadoso, corrige; en el uso del paréntesis coinciden habitualmente, en cambio, *B* y *C*, mientras que *A*, a partir, sobre todo, del *Tratado Tercero* —quizá por cambio de cajista—, abandona bastante la práctica de este signo.

Todavía nos puede proporcionar más datos el estudio minucioso de la puntuación. Dado el estema:

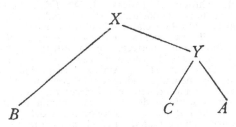

podemos llegar a la conclusión de que *X* e *Y* presentaban un sistema de puntuación arcaizante; es decir, que en las pausas que hoy indicamos con 'coma', ellos se servían ,con seguridad, de los 'dos puntos'. Podría oponerse que Amberes [96] no utiliza este sistema y que ni Alcalá ni Burgos poseían otro. Es cierto esto por lo que respecta a Amberes y a Burgos, pero falso en relación con Alcalá. Que Alcalá seguía una edición con puntuación arcaizante lo demuestra el hecho de que al puntuar los fragmentos añadidos se olvida por completo de los 'dos puntos' y recurre siempre a la 'coma'. El cajista de Alcalá no hace más que copiar lo que tiene delante, que sería una edición *Y* o de su familia, con correcciones manuscritas de aquellas presuntas erratas de *Y*, y las interpolaciones, llevadas a cabo, muy probablemente por el propio Salcedo, sin manuscrito alguno del *Lazarillo*. [97]

[96] Amberes utiliza, desde luego, los 'dos puntos' algunas veces, sobre todo en el prólogo, pero prefiere, en líneas generales, la 'coma'.

[97] Las variantes de Alcalá son perfectamente explicables sin necesidad de recurrir a un posible manuscrito. Unas, son errores claros (I.77; II.29, 78; III.41). Otras, son correcciones de presuntos errores de *Y* (III.34, 36, 37, 38, 66, 195); de construc-

No me ha sido posible analizar la puntuación de otros
textos impresos en 1554 por Salcedo y Junta. Quizá un
estudio detenido de este aspecto sería fructífero para
descubrir si *X* e *Y* eran ediciones góticas y, por tanto,

---

ciones ambiguas (I.89, 93, 117; III.3) o reiterativas (I.64; II.13,
40); en fin, otras son adiciones para intensificar el texto
(I.121, 122, 124; II.44), o supresiones y cambios motivados por
determinadas alusiones históricas (III.54; IV.3). Si las variantes
de Alcalá son poco significativas, las interpolaciones, en cambio,
demuestran con absoluta claridad que no son de mano del autor
del *Lazarillo*. El desconocido interpolador —quizá el propio Salcedo— se dio cuenta perfecta de la estructura folklórica de
parte del libro, y así incorporó dos anticipaciones a la profecía
del vino original —p. 110—. Ambas anticipaciones hacen referencia, respectivamente, al oficio de pregonero y al matrimonio
del protagonista. La primera era innecesaria, porque ya estaba
contenida en la profecía del vino; la segunda destruye toda la
ironía que rezuma el texto, y estropea parte del desenlace psicológico al añadir en el *Tratado VII* el pasaje que se corresponde
con la anticipación de 'los cuernos', sentando bien a las claras
lo que en el *Lazarillo* se sobrentiende sutilmente. Más significativa, como ha señalado Lázaro Carreter ("Construcción...",
p. 61), es la última interpolación con que se cierra la obra en
la edición de Alcalá —"De lo que aquí adelante sucediere avisaré a V. M."—, que demuestra cómo el interpolador no había
comprendido la estructura de la obra, planeada para narrar el
'caso' final, con que se cierra para siempre la carta. Además, en
todas las interpolaciones se aprovecha, toscamente, el texto original, remedando frases enteras, lo que origina repeticiones ab-
surdas. Por ejemplo: "Era todo lo que rezaba por mesoneras, y
por bodegoneras y turroneras y rameras y ansí por semejantes
mujercillas: que por hombre casi nunca le vi rezar oración"
(p. 106), que procede de la descripción del ciego (p. 98); "y
me arrepentí del mal pago que le di, por lo mucho que me
enseñó, que, después de Dios, él me dio industria para llegar
al estado en que ahora estó" (p. 173) que se corresponde con
dos pasajes del *Lazarillo*: "y me pesa de los sinsabores que le
hice, aunque bien se lo pagué" (p. 110) y "que después de Dios
éste me dio la vida y, siendo ciego, me alumbró y adestró en
la carrera de vivir" (p. 97); "aunque me daba bien de comer,
a costa de los curas y otros clérigos do iba a predicar" (p. 169),
que deriva de la descripción del buldero (p. 158). En fin, la
larga interpolación del *Tratado V* contradice lo expuesto al
principio del mismo: "Y porque todos los que le veía hacer
sería largo de contar, diré *uno* muy sotil y donoso, con el cual
probaré bien su suficiencia" (p. 159). Toda esta interpolación
altera, además, la intención del autor, patente al final del Tratado: "¡Cuántas destas deben hacer estos burladores entre la
inocente gente!" (p. 169). En el añadido de Alcalá el pueblo
está presentado con rasgos peyorativos y envilecedores. La frase
"¿Qué os parece, cómo a estos villanos que, con sólo decir
'cristianos viejos somos', sin hacer obras de caridad, se piensan

no pudieron ser impresas en Amberes, cuyos impresores habían abandonado este tipo de letra años atrás.[98] Sí podemos afirmar que ni *X* ni *Y* fueron impresos por Martín Nucio, que no utilizaba por aquellas fechas la puntuación arcaizante.

4) *Las ediciones posteriores a 1554 descienden de la edición de Amberes y no de textos perdidos.*

Ha sido José Caso el único editor que se ha tomado la molestia de cotejar detenidamente las ediciones posteriores a 1554.[99] El análisis de estos textos era absolutamente necesario para poder llegar a conclusiones firmes acerca de las ediciones perdidas y del posible número, puesto que unas determinadas variantes de los impresos posteriores a 1554 podían alterar el estema y por consiguiente el criterio editorial. El que las conclusiones a que llega el profesor Caso sean discutibles —y las discutiremos a continuación—, en modo alguno resta mérito a su trabajo, muy valioso en muchos aspectos e insustituible a la hora de estudiar los problemas textuales del *Lazarillo*.

J. Caso, después de analizar minuciosamente las variantes de estos textos, postula el ya mencionado estema:

---

salvar, sin poner nada de su hacienda? Pues, por vida del licenciado Pascasio Gómez, que a su costa se saquen más de diez cautivos" (p. 167), es el ejemplo más claro de dos actitudes dispares frente a un mismo asunto.

[98] Cf. J. E. Gillet ("A Note on the *L. de T.*", *MLN*, LV [1940], pp. 130-134) quien insinúa la ciudad de Amberes como cuna de la primera edición del *Lazarillo*. Un estudio detenido de la puntuación podría solventar el problema.

[99] Véase también A. Rumeau, "Notes au *L.* Les éditions d'Anvers, 1554-1555, de *La vida de Lazarillo* et de *La Segunda Parte*", *BHi*, LXVI (1964), pp. 257-271; y "Notes au *L.*: Des éditions d'Anvers, 1554-1555, à celles de Milan, 1587-1615", *BHi*, LXVI (1964), pp. 272-293, donde demuestra como Simón deriva de *C* y la de Bérgamo no es más que parte de la edición de Milán con portada distinta.

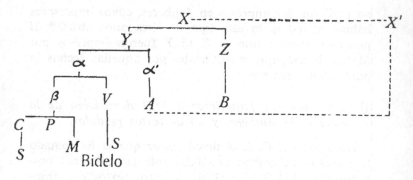

Bidelo

Estoy de acuerdo con JOSÉ Caso en hacer depender a
S (Simón) de C, a Sánchez de Velasco, y a Bidelo de
Milán y Velasco, contaminados. En cambio, me parece
discutible la presencia de β [100] y de α en el estema.

a) Veamos en primer lugar la rama β:

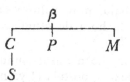

Si existiera β, lógicamente sería reconstruible siempre
que dos de sus descendientes —CP, CM, MP— leyesen
en común. Cualquier discrepancia por parte de uno solo
denotaría que este texto yerra o bien corrige. Los cuatro textos leen en común frente a AB cincuenta y tres
veces:

[100] Cf. J. Caso, p. 54: "C, Milán y Plantin están en tres
líneas distintas, porque a pesar de su similitud no creo que los
dos últimos deriven directamente de C, sino los tres de un
antepasado común, cada uno con peculiaridades diferenciadoras.
Sitúo a Plantin en el centro con la intención de indicar que
parece en conjunto mejor versión, aunque ello puede obedecer
a retoques tardíos".

I. 30, 32, 40, 43, 46, 50, 61, 70, 72, 90, 97, 100, 101, 109, 132, 139. II. 15, 16, 20, 22, 61, 67, 72, 73, 89, 93, 98. III. 7, 9, 10, 18, 44, 46, 48, 71, 80, 87, 88, 89, 92, 94, 115, 140, 152, 153, 155. IV. 5. V. 13, 31. VII. 8, 18, 20, 29.

Plantin lee individualmente veinte veces:

I. 4, 12, 45, 78. I. 27, 58, 95. III. 4, 6, 53, 73, 97, 103, 180. V. 7, 11, 18, 33, 34. VII. 25.

Milán lo hace dieciocho veces:

I. 17, 42, 54, 55, 63, 65, 123, 127, 129, 140. III. 30, 56, 125, 136, 151. IV. 4. V. 19. VII. 6.

Y Simón diecinueve veces:

Pról. 7. I. 7, 28, 95, 118. II. 2, 26, 30, 53, 77. III. 90, 110, 139, 171. V. 26, 27, 38, 43. VII. 6, 27.

Sólo en un caso (VII. 6: "que no hay nadie que medre, sino los que [le] tienen") coinciden Simón y Milán frente a Amberes y Plantin, que únicamente se explica como una coincidencia de errores. En los restantes, ni en una sola ocasión leen de manera idéntica *PM*, *PS* o *MS*. Los tres, en cambio, lo hacen aisladamente una veintena aproximada de veces. El subarquetipo β es reconstruible, como ya hemos indicado, cuando tres de estos cuatro textos mantienen una misma lectura. Pues bien: una vez reconstruido el subarquetipo β resulta que coincide exactamente con *C*, porque *ni en un solo caso* C lee por su cuenta, y por consiguiente contiene todas las lecturas comunes. Si procediera de β se daría la circunstancia maravillosa en la historia de la transmisión textual de que un impreso reprodujera exactamente su modelo, porque ya vemos que los otros tres textos, Simón, Milán y Plantin, se equivocan, como es lógico, una veintena de veces. Creo, por tanto, que el estema propuesto por Caso:

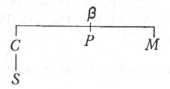

es irrelevante y debe ser sustituido por este otro más elemental:

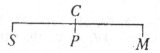

Este estema, además, justifica la presencia de erratas de *C* en uno o varios de sus descendientes, [101] y un cotejo de la puntuación de *S, P, M* con *C* sin duda corroboraría la dependencia de estos tres textos.

b) La filiación de Velasco.

El problema que presenta la edición expurgada de Velasco es bastante más complejo que el anterior, porque nos encontramos ante una edición que conscientemente corrige, añade, suprime y cambia lo que considera oportuno. Ya hemos visto que la filiación de *A, B* y *C* es

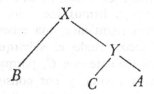

Nada se opone en principio a que haya más de dos ediciones perdidas entre *X* y *B, Y* y *A,* e *Y* y *C.* Cons-

101 Pueden verse en la edición de J. Caso, p. 42.

truyamos, partiendo de los datos seguros que poseemos —filiación de *A, B* y *C* y de *C, M, S, P*— un estema en el que Velasco, como propone Caso, no dependa directamente de ninguna de las ediciones conocidas:

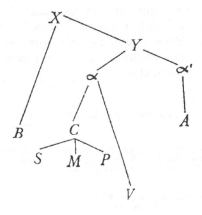

Si se diera esta situación, el subarquetipo α' se identificaría con *A* y, por tanto, no nos interesa. El subarquetipo α se podría reconstruir con las lecturas comunes de *VC*, de *AC* y de *AV*. Siempre que discrepen *C* o *V* de *A* se tratará de un error o de un cambio efectuado por uno de ellos. Cualquier lección de *B* coincidente con *CV* se remontará a *Y* y la variante se habría producido en *A* (o en α').

Las lecturas comunes de *VC* frente a *AB* son, en total, veintisiete: I. 30, 40, 43, 70, 72, 101. II. 15, 89, 98. III. 7, 10, 18, 44, 46, 71, 87, 89, 92, 94, 115, 151, 153, 155. VII. 8, 20, 29.

Las lecturas comunes de *ABV* frente a *C* son seis: I. 90, 97, 132, 139. II. 22. VII. 18.

Las lecturas comunes de *AV* frente a *BC* son ocho: I. 42, 92. II. 35, 56. III. 66, 97, 152, 195. VII. 14.

En fin, las lecturas comunes de *BV* frente a *AC* son cinco: III. 61, 110, 165, 175, 189.

El estema propuesto por el profesor Caso explica las lecturas comunes de *VC* y *ABV*, pero contradice las de *AV* y las de *BV*, porque ¿cómo se explica que *C* pueda leer como *B* frente a *AV*, y *V* como *B* frente a *AC*, si *AVC* derivan de un arquetipo *Y* distinto del *X* de donde procede *B*?

Puede alegarse que las concordancias de *B* con *V* se deben al azar: ambos textos corrigen errores de *AC* casualmente. Y en efecto, es muy probable que se trate de meras coincidencias en las que fácilmente podrían concurrir ambos textos:

III. 61
      BV: que su Lázaro trujo un día y una noche
      AC: [una]

III.110
      BV: en ocho días maldito el bocado que comió. A lo menos
            en casa bien lo estuvimos sin comer.
      AC: bien *los* estuvimos

III.165
      BV: riñiese con algún su criado
      AC: con alguno

III.175
      BV: desde que
      AC: desque

III.189
      BV: al cabo carga un porquerón con el viejo alfamar de la
            vieja, aunque no iba muy cargado
      AC: y aunque

Pero aun cuando consideremos estas lecturas comunes de *B* y *V* como coincidencias, quedan sin explicar las concordancias entre *B* y *C*, a no ser que tengamos que recurrir de nuevo al azar: *A* y *V* habrían subsanado independientemente unos posibles errores de *X*, *Y* y α:

I. 42
      BC: tomad tal yerba, cosed tal raíz
      AV: coged

I. 92
      BC: sacó un maravedí y mandó que fuese por él de vino a
            la taberna
      AV: mandóme

II. 35
      BC: si en esas que traéis hay algunas que le haga
      AV: alguna

II. 56
> BC: mi solícito carpintero dio fin a sus obras
> AV: a su obra

III. 66
> BC: hago la negra dura cama
> AV: y dura

III. 97
> BC: con quien no sólo me mantuviese, mas a quien yo había
>   de mantener
> AV: no sólo no me

III.195
> BC: pues señalándose todo lo que podría contra mí
> AV: podía

VII. 14
> BC: arcipreste
> AV: acipreste

En resumen: si aceptamos el estema propuesto por José Caso, el subarquetipo impreso *α* sería casi exacto a *C* y sólo se diferenciaría de él en siete casos —aquellos en los que *A, B* y *V* coinciden—:

I. 90
> C: Estábamos en Escalona, villa del duque de ella,
>   en mesón
> αABV: en un mesón

I. 97
> C: apretado el nabo, al cual no había conocido por no
>   haber tentado.
> αABV: no lo haber tentado

I.132
> C: saquélo debajo los portales
> αABV: debajo de los

I.139
> C: Olé, le dije yo
> αABV: Olé, olé, le dije yo

II. 22
> C: y porque dize mortuorios
> αABV: dixe

III.152
> C: docientos mil maravedís
> AV: docientas mil maravedís
> B: docientas veces mil maravedís

VII. 18
> C: arcipreste
> αABV: acipreste

¿Pero no es asombroso que *C* sea tan fiel a *α* que sólo discrepe en siete lugares, cuando hemos visto que ediciones hasta cierto punto cuidadas como *S*, *M* y *P* lo hacen una veintena de veces? No es, desde luego, rigurosamente imposible que el subarquetipo α existiera; sin embargo, me parece más verosímil hacer derivar a Velasco directamente de *C*, y explicar sus concordancias con *B* y *A* como producto de unas correcciones independientes, y las siete discrepancias de *C* por la misma causa. De hecho, si aceptamos la presencia de α igualmente debemos admitir como fruto del azar —de un azar condicionado— las correspondencias de *VB* frente a *AC* y las de *VA* frente a *BC*. Por la misma razón podemos aceptar las discrepancias entre *V* y *C*, puesto que cuatro de los casos —I.90, 97, 132 y II.22— eran errores evidentes que sólo podían corregirse como lo hace *V*, por lo que coincide con *AB*. A esta tesis —que *V* derive directamente de *C*— se le oponen, es cierto, tres lecturas de *V* que coinciden con *AB*: I.139, III.152 y VII.18. La primera (I.139: *C* Olé; *ABV* Olé, olé) puede explicarse por la difusión del episodio; [102] la tercera (VII.18: *C* arcipreste; *ABV*: acipreste) se explica por las tendencias de *V* hacia una regularización fonética —el mismo Covarrubias acepta sin vacilar la forma *acipreste* y rechaza la culta—. La única variante significativa es la segunda (III.152: *B* docientas veces mil; *AV* docientas mil; *C* docientos mil) que sólo podría aclararse como una errata de *V* que coincide, casualmente, con otra de *A*, [103] porque es bastante difícil que un texto, minuciosamente corregido como es el de

[102] Que Velasco utilice *C* para su edición, no quiere decir que hubiera leído el *Lazarillo* en este texto. En 1573 unos impresos góticos como los de Burgos y Alcalá sin duda eran muy incómodos para copiar en la imprenta, por eso seguramente Simón, Milán y Plantin acuden también a *C*.

[103] Habría que saber si todos los ejemplares impresos de *C* eran idénticos, porque podría darse la circunstancia, normal en la época, de que sólo algunos de ellos hubieran corregido el error de *Y*, mantenido en el resto —*vid*. sobre un caso similar ocurrido en *C* el artículo de A. Rumeau, *BHi*, LXVI (1964), p. 263—. Sin embargo, yo me inclino por una concurrencia de errores: una vocal es fácilmente confundible. Sin ir muy lejos, una errata de Velasco se repite en Milán (Caso, p. 41) y otra de Simón en Milán (VII.1).

Velasco, deje pasar un yerro de tal calibre. En fin, el prólogo del mismo Velasco apunta hacia una edición en la que se incluía la *Segunda Parte* apócrifa y que no puede ser la impresa por Simón: [104]

> Por lo cual, con licencia del Consejo de la Santa Inquisición y de su Majestad, se emendó de algunas cosas por que se había prohibido y se le quitó toda la segunda parte, que por no ser del autor de la primera, era muy impertinente y desgraciada. [105]

La edición crítica

El *Lazarillo*, en resumen, es un texto con una filiación clara y que debe ser editado partiendo de un estema único. No ha sido otra mi intención, a lo largo de estas poco amenas páginas de crítica textual, que la de demostrar cómo, con los datos que poseemos, sólo es posible un estema y que éste debe seguirse en una edición crítica. Hemos visto cómo los tres textos *A*, *B* y *C* se remontan a un arquetipo común impreso, *X*, puesto que la puntuación así lo indica; que de este arquetipo deriva, por un lado, *B*, y por otro un subarquetipo *Y* del que proceden *A* y *C*; que Simón, Milán y Plantin, y casi con seguridad Velasco, proceden de *C*. En el caso de Velasco no es de todo punto imposible, aunque sí difícil, que se remonte a una edición perdida; sin embargo, la existencia de α no alteraría en nada el estema, porque Velasco no presenta ninguna variante significativa —ni Simón, Milán ni Plantin— que deba utilizarse en la reconstrucción de *X*. El estema del *Lazarillo* es, por tanto, el siguiente:

---

[104] De las diecinueve lecturas únicas de Simón cuatro son significativas y sin duda hubieran pasado a Velasco de haber partido de este texto: I.118 [*Y*] *luego*; II.30 *temor*; III.10 *nos los estuvimos*; V.43 *recibe*.
[105] *Ap.* Caso, p. 19.

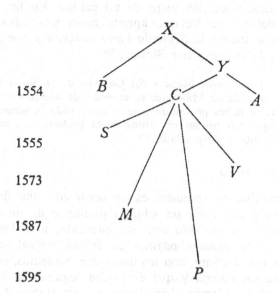

Aunque puede aceptarse, porque no afecta al texto, este otro: [106]

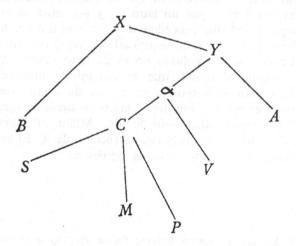

[106] Pero como ya hemos visto, contradice lo expuesto por Velasco en el prólogo, en el que se alude, claramente, a una edición con la *Segunda Parte*, y ésta no puede ser anterior a 1555.

En realidad, el estema queda resumido en el propuesto por Cavaliere y Rico:

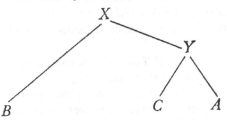

Nada se opone, desde luego, a que puedan existir más ediciones perdidas entre unas y otras ramas, ni tampoco que X pueda derivar de una edición anterior. Sin embargo, el número de ediciones perdidas con anterioridad a 1554 no debió de ser considerable porque se enfrentan a ello varias razones que aisladas no son de peso, pero que en conjunto resultan perfectamente válidas. [107] En primer lugar, ¿es posible la pérdida, sin dejar rastro, de más de dos o tres ediciones, cuando de un mismo año, 1554, contamos con tres y con varios ejemplares? En segundo lugar, el hecho de que Alcalá se presente como "segunda impresión" no es, por supuesto, prueba evidente, [108] pero sí indica que su editor no tenía noticia de muchas ediciones anteriores a la suya. En tercer lugar, la presencia de tres ediciones en un mismo año revela que el éxito del libro había sido considerable, y no se explica, según esto, que el *Lazarillo* se hubiera impreso varios años antes —desde 1525, como quiere Cavaliere— [109] y, de improviso, en 1554 se

[107] Sobre la edición fantasma de Amberes impresa en 1553 y citada por Brunet véase A. Rumeau, "Notes sur les *L.*: l'"édition d'Anvers, 1553, in-16'", *BHi*, LXVI (1964), pp. 57-64, quien demuestra cómo nadie ha visto tal edición, y que ni el propio Brunet recordaba de dónde había tomado la referencia. Es posible que tal edición haya existido. Convendría, no obstante, hacer un estudio exhaustivo de la puntuación de los impresores de Amberes en 1552 y 1553.

[108] Bien es cierto que la edición de la *Diana* que se denomina por primera vez "segunda edición" (Valladolid, 1561) es, en realidad la quinta; la edición de Zaragoza, 1562, también se llamará asimismo "segunda".

[109] *La Vida de L. de T.*, p. 13: "A tanto successo corrisposero varie edizioni, apparse presumibilmente tra il 1525 e il

tiren tres ediciones, una de ellas, la de Alcalá, con
añadidos, para mayor reclamo y novedad, ni que en
1555 aparezca una *Segunda Parte* apócrifa; y finalmente, que no exista la menor alusión a la obra antes de
1554. [110]

En conclusión: el *Lazarillo* debió de ser impreso por
primera vez en 1553 o en 1552, y a estas fechas, no
anteriores, se remontan las ediciones perdidas que fueron, con seguridad, dos; la existencia de otras ediciones
anteriores a 1554, si las hubo, es, hoy por hoy, inde-
mostrable.

ALBERTO BLECUA

1553 circa — indicative a tal riguardo le notizie praise e atten-
dibili di edizioni anteriori (1550 e 1553) — dalle quali derivarono
— vedremo poi come — le tre oggi conosciute, le sole, cioè, che
si salvarono dall'ostracismo decretato dall'inquisitore generale
Fernando de Valdés".
[110] Como detalle curioso y anecdótico —no como prueba—
mencionaré que San Ignacio se decide a contar a su vida a
ruegos del padre Nadal precisamente en 1553 (*Epistulae P.
Hieronymi Nadal*, en *Monumenta Historica Societatis Iesu*, I,
p. 35).

NOTICIA BIBLIOGRÁFICA

EDICIONES ANTIGUAS

La vida de Lazarillo de Tormes..., Burgos, 1554, Juan de
Junta.

————, Alcalá, 1554, Salcedo.

————, Amberes, 1554, Martín Nucio.

————, Amberes, 1555, Guillermo Simón.

*Propaladia de Bartolomé de Torres Naharro y Lazarillo de
Tormes* [texto expurgado por Velasco], Madrid, 1573,
Pierres Cosin.

La vida de Lazarillo de Tormes..., Milán, 1587, Antoño de
Antoni.

————, Amberes, 1597, Oficina Plantiniana.

————, Bérgamo, 1597, Antoño de Antoni.

Lazarillo de Tormes castigado, Madrid, 1599, Luis Sánchez.

EDICIONES MODERNAS

La vida de L. de T., ed. crítica de Alfredo Cavaliere, Nápoles, 1955.

La vida de L. de T., ed. R. C. Jones, Manchester University
Press, 1963.

La Celestina y Lazarillos, ed. Martín de Riquer, Barcelona,
Vergara, 1959.

Lazarillo de Tormes and El Abencerraje, ed. Claudio Guillén, N. Y., Dell, 1966.

La Novela Picaresca Española, I, ed. Francisco Rico, Clásicos Planeta, Barcelona, 1971².

La vida de L. de T., ed. crítica de José Caso González, *BRAE,* Anejo XVII, Madrid, 1967.

BIBLIOGRAFÍA SELECTA *

Salvador Aguado Andreut, *Algunas observaciones sobre el L. de T.*, Guatemala, Edit. Universitaria, 1965.

Dámaso Alonso, "El realismo psicológico en el *L. de T.*", en *De los siglos oscuros al de Oro*, Madrid, Gredos, 1958.

Manuel J. Asensio, "La intención religiosa del *L. de T.* y Juan de Valdés", *HR*, XXVII (1959), pp. 72-102.

Francisco Ayala, *El Lazarillo reexaminado*, Cuadernos Taurus 107, Madrid, 1971.

Marcel Bataillon, *Novedad y fecundidad del Lazarillo de Tormes*, Salamanca, Anaya, 1968.

Joaquín Casalduero, *Estudios de Literatura Española*, Madrid, Gredos, 1972.

José Caso González, "La génesis del *L. de T.*", *AO*, XVI (1966), pp. 129-155.

Américo Castro, *Hacia Cervantes*, Madrid, Taurus, 1967[3].

Elsa Dehennin, "Le roman picaresque espagnol à la lumière de la *Poétique*", *Revue Belge de Philologie et d'Histoire*, XLVIII (1970), pp. 730-771.

* En la presente bibliografía tan sólo se incluyen aquellas ediciones o estudios de interés general. El lector que desee consultar una bibliografía más completa puede acudir a los trabajos de Joseph L. Laurenti (*Novela picaresca española. Ensayo de una Bibliografía de la Novela Picaresca Española [1554-1964]*, Cuadernos Bibliográficos, 23, Madrid, CSIC, 1968, y *Estudios sobre la novela picaresca española*, Madrid, CSIC, 1970, pp. 127-133); al libro de Del Monte (*Itinerario*, vid. *infra*); y a Francisco Rico (*NPE*[2]). En el prólogo y notas de nuestra edición se citan aquellos trabajos de interés particular.

R. Foulché-Delbosc, "Remarques sur le *L. de T.*", *RHi*, VII (1900), pp. 19-31.

José F. Gatti, *Introducción al L. de T.*, Biblioteca de Literatura, Buenos Aires, 1968.

Stephen Gilman, "The Death of *L. de T.*", *PMLA*, LXXXI (1966), pp. 149-66.

Ángel González Palencia, "Leyendo el *L. de T.*", en *Del Lazarillo a Quevedo*, Madrid, *CSIC*, 1946, pp. 1-40.

Claudio Guillén, "La disposición temporal del *L. de T.*", *HR*, XXV (1957), pp. 264-279.

Didier T. Jaen, "La ambigüedad moral del *L. de T.*", *PMLA*, LXXXIII (1968), pp. 130-4.

Margot Kruse, "Die parodistischen Elements im *L. de T.*", *RJ*, X (1959), pp. 292-304.

Fernando Lázaro Carreter, "La ficción autobiográfica en el *L. de T.*", *Litterae Hispanae et Lusitanae*, Munich, 1966, pp. 195-213 (recogido ahora en *'Lazarillo de Tormes' en la picaresca*, Letras e Ideas, Min. 1, Barcelona, Ariel, 1972, pp. 13-57).

———, "Construcción y sentido del *L. de T.*", *Ábaco*, 1 (1969), pp. 45-134 (recogido en *'Lazarillo de Tormes' en la picaresca*, Letras e Ideas, Min. 1, Barcelona, Ariel, 1972, pp. 61-192).

María Rosa Lida de Malkiel, "Función del cuento popular en el *L. de T.*", *APCIH* (1964), pp. 349-359.

Francisco Maldonado de Guevara, *Interpretación del L. de T.*, Facultad de Filosofía y Letras, Madrid, 1957.

Francisco Márquez Villanueva, "Sebastián de Horozco y el *L. de T.*", *RFE*, XLI (1958), pp. 253-339.

———, "La actitud espiritual del *L. de T.*", en *Espiritualidad y Literatura en el siglo XVI*, Madrid, Alfaguara, 1968.

Charles Minguet, *Recherches sur les structures narratives dans le L. de T.*, París, Centre de Recherches Hispaniques, 1970.

Maurice Molho, *Introducción a Romans Picaresques Espagnols*, Bibliothèque de la Pléiade, París, 1968.

Alberto del Monte, *Itinerario de la novela picaresca española*, trad. E. Sordo, Barcelona, Edit. Lumen, 1971.

Alfred Morel-Fatio, "Recherches sur *L. de T.*", *Études sur l'Espagne*, 1.ª Serie, París, 1895², pp. 109-166.

Margherita Morreale, "Reflejos de la vida española en el *L. de T.*", *Clavileño*, V (1954), n.º 30, pp. 28-31.

Dario Puccini, "La struttura del *L. de T.*", *Annali delle Facoltà di Lettere e Filosofia e Magisterio dell'Università di Cagliari*, XXIII (1970), pp. 1-41.

Francisco Rico, "Problemas del *L.*", *BRAE*, XLVI (1966), pp. 277-296.

————, *La novela picaresca y el punto de vista*, Barcelona, Seix Barral, 1972².

A. Rumeau, *Le L. de T. Essai d'interpretation, essai d'attribution*, París, Edic. Hispanoamericanas, 1964.

A. A. Sicroff, "Sobre el estilo del *L. de T.*", *NRFH*, XI (1957), pp. 157-170.

Gustav Siebenmann, *Uber Sprache und Stil im L. de T.*, *T.*", *PMLA*, XLII (1927), pp. 303-444.

F. Courtney Tarr, "Literary and Artistic Unity in the *L. de* Berna, 1953.

B. W. Wardropper, "El trastorno de la moral en el *L. de T.*", *NRFH*, XV (1961), pp. 441-447.

Raymond S. Willis, "Lazarillo and the Pardoner: The artistic Necessity of the Fith Tractado", *HR*, XXVII (1959), pp. 267-279.

ABREVIATURAS Y LIBROS CON MÁS FRECUENCIA CITADOS EN LAS NOTAS

A:
    La vida de L. de T., Alcalá, 1554.

Arguijo, *Dichos*:
    Juan de Arguijo, *Dichos que notó don* —————, en *Sales Españolas*, recogidas por Don A. Paz y Melia, *BAE*, 176, Madrid, 1964.

Aut.:
    Diccionario de Autoridades, ed. facsímil, Madrid, 1971, 3 vols. (Gredos).

Martín de Ayala, *La vida*:
    Discurso de la vida del Ilmº y Rvº Señor don Martín de Ayala, escrito por él mismo, en *Autobiografías y Memorias,* ed. M. Serrano y Sanz, *NBAE*, 2.

Azpilcueta, *Manual de Confesores*:
    Martín de Azpilcueta, *Manual de Confesores y Penitentes,* Salamanca, 1556.

B:
    La vida de L. de T., Burgos, 1554.

C:
    La vida de L. de T., Amberes, 1554.

Cartas del Bachiller de la Arcadia:
    en *Sales españolas*, recogidas por Don A. Paz y Melia, *BAE*, 176, Madrid, 1964.

José Caso, *L. de T.*:
    La vida de L. de T., ed. crítica, prólogo y notas de José Caso González, *BRAE*, Anejo XVII, Madrid, 1967.

Carmen Castro, *L. de T.*:
    Lazarillo de Tormes, ed. Carmen Castro, 27, Madrid. 1970[4] (Taurus, Temas de España).

Cavaliere, *L. de T.*:
    La vida de L. de T., ed. Alfredo Cavaliere, Nápoles, 1955.

Correas:
Gonzalo Correas, *Vocabulario de Refranes y Frases pro-*
verbiales (1627), ed. L. Combet, Bordeaux, 1967.

Cov.:
Sebastián de Covarrubias, *Tesoro de la lengua castellana*
(Madrid, 1611), ed. Martín de Riquer, Barcelona, 1943.

Delicado, *La Lozana Andaluza*:
Francisco Delicado, *La Lozana Andaluza*, ed. Bruno Da-
miani, Clásicos Castalia, 13.

Alonso Enríquez, *La vida*:
Libro de la vida y costumbres de don Alonso Enríquez
de Guzmán, ed. Hayward Keniston, *BAE*, 126, Madrid,
1960.

Fernández de Oviedo, *Quinquagenas*:
Gonzalo Fernández de Oviedo, *Las Quinquagenas de la*
nobleza de España, ed. Vicente de la Fuente, I, Madrid,
1880.

Guillén, *L. de T.*:
Lazarillo de Tormes and El Abencerraje, ed. de Claudio
Guillén, N. Y., 1966.

Sebastián de Horozco, *Cancionero*:
ed. J. M. Asensio, *SBA*, 1874.

Hurtado de Toledo, *Relación de Toledo*:
Descripción de Toledo por Luis Hurtado de Toledo, en
Carmelo Viñas y Ramón Paz, *Relaciones de los pueblos*
de España ordenadas por Felipe II, II, Madrid, CSIC,
1963.

San Ignacio de Loyola, *Autobiografía*:
en *Obras Completas*, ed. manual, *BAC*, 86.

Jones, *L. de T.*:
La vida de L. de T., ed. R. O. Jones, Manchester University Press, 1963.

Mal Lara, *Philosophia Vulgar*:
Juan de Mal Lara, *Philosophia Vulgar*, ed. Antonio Vi-
lanova, Selecciones Bibliófilas, Segunda Serie, IV-VIII,
Barcelona, 1958-59, 4 vols.

Giovanni Miranda, *Osservationi*:
Giovanni Miranda, *Osservationi della lingua castigliana*, Venecia, 1567.

Pinedo, *Liber facetiarum*:
Liber facetiarum Ludovici Pinedo et amicorum, en *Sales Españolas*, recogidas por don A. Paz y Melia, *BAE*, 176, Madrid, 1964.

F. Rico, *NPE* y *NPE²*:
La Novela Picaresca Española, ed. Francisco Rico, Clásicos Planeta, Barcelona, 1967 y 1971.

Rufo, *Las seiscientas apotegmas*:
Juan Rufo, *Las seiscientas apotegmas y otras obras en verso*, ed. Alberto Blecua, Clásicos Castellanos, 171, Madrid, 1972.

Sermón de Aljubarrota:
en *Sales Españolas*, recogidas por don A. Paz y Melia, *BAE*, 176, Madrid, 1964.

Feliciano de Silva, *Segunda Celestina*:
ed. María Inés Chamorro, Ciencia Nueva, Los Clásicos, 13/14, Madrid, 1968.

Santa Teresa de Jesús, *La vida*:
La vida de la madre Teresa de Jesús, en *Libros de la Madre Teresa de Jesús (Salamanca, 1588)*, ed. facsímil, Madrid, 1970 (Espasa-Calpe).

Villalobos, *Algunas Obras*:
Francisco López de Villalobos, *Algunas obras del doctor* —————————, ed. A. M. Fabié, *SBE*, Madrid, 1886.

Villalobos, *Los Problemas*:
Francisco López de Villalobos, *Los Problemas*, en *Curiosidades Bibliográficas*, ed. Adolfo de Castro, *BAE*, XXXVI.

Francesillo de Zúñiga, *Crónica y Epístolas*:
en *Curiosidades Bibliográficas*, ed. Adolfo de Castro, *BAE*, XXXVI.

NOTA PREVIA

L A presente edición, que es crítica en el sentido más estricto de la palabra, está hecha partiendo del único estema posible ya mencionado en la *Introducción*:

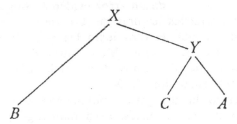

Cuando los tres textos leen en común, o cuando coinciden *BC* o *BA* se siguen estas lecturas. El problema surge cuando *B* se separa de *AC* (=*Y*) o cuando los tres textos leen independientemente. El estema, en estos dos casos, no sirve y hay que acudir a los métodos de la crítica interna e intentar poner al descubierto cuál de las dos ramas comete el error. En la mayoría de los casos, dado el carácter poco significativo de las variantes, es de todo punto imposible discernir entre una u otra rama; por consiguiente, al seguir una lectura determinada de *B* o de *Y* siempre contaremos con un 50 % de posible error. En estas situaciones yo seguiré el texto de *B*, que es el que tomo como base de la edición en aquellas palabras en que existe una vacilación fonemática ('ansí / así'; 'acipreste / arcipreste'). De hecho, por más que los editores intenten justificar su elección del texto base entre *B* y *AC* (*Y*) siempre podrán ser rebatidos invirtiendo sus propios argumentos. No se puede alegar que Burgos es desaliñado y que por tanto reproduce con fidelidad *X*, porque al ser descuidado puede haber leído mal su modelo; tampoco se puede aducir que *Y* es cuidadoso, porque en ese caso es presumible que corrigiera presuntos errores de *X*. Y en fin, la mayoría de las variantes es tan poco significativa, que quebrarse la cabeza por ellas es, sencillamente, perder el tiempo.

Doy en un apéndice las variantes de la rama textual *B* o *AC* que no se han seguido en el texto. En muchos de estos casos, como digo, no hay posibilidad de saber cuál es la auténtica; en otros, indicaré, siempre con reservas, si se trata de un error evidente. Suprimo, claro está, todas aquellas lecturas de *A* o de *C* que leen por su cuenta, cuando el otro texto lee con *B*; y elimino también del aparato crítico las variantes de las ediciones posteriores, que ya hemos demostrado que no sirven para la reconstrucción de *X*.

Modernizo la ortografía, puntuación y acentuación según las normas actuales, pero mantengo, claro está, la peculiar construcción fonética de la palabra. Así se edita *había* en lugar de *avia* o *havia*, pero se respetan las formas *ansí* por *así*, *olistes* por *olisteis*, *disperté* por *desperté*. He eliminado determinados cultismos ortográficos, como *innocente*, *anichilaba*, *destillarme*, *liquor*, *spíritu*, *peccado*, *succedido*, *bulla*, *allegaron*, *charidad*; he mantenido, en cambio, las formas *sancto*, *presumpción*, *delicto*, *tractado*, y el grupo *-sc-*, de *parescer*, *consciencia*, etc. He resuelto las pocas abreviaturas en Burgos y alguna contracción, como *ques*, excepto en el caso de *deste*, *dese*, etc. Finalmente, doy entre paréntesis cuadrados las escasas palabras que faltan en *ABC* y que suplo por mi cuenta.

Las notas van dirigidas a los distintos niveles de lectores de esta colección y por tanto no pueden seguir un criterio regular y consecuente. Me he servido en todo momento de las ediciones anteriores, desde la de Cejador, de anotación pintoresca pero útil, hasta las recientes de Roy O. Jones, Claudio Guillén y, sobre todo, la de Francisco Rico, la más completa de cuantas se han publicado. La deuda con estas ediciones se indicará en la nota correspondiente. He procurado también ilustrar determinados pasajes del libro con textos coetáneos, en general poco o nunca utilizados en las ediciones anteriores. Es mi grano de arena a la cada vez más difícil tarea de editar con cierta novedad un libro tan breve y tan estudiado como es el *Lazarillo*.

A. B.

LA VIDA DE LAZARILLO DE TORMES

Y DE SUS FORTUNAS Y ADVERSIDADES

CLa vida de Lazarillo
de Tormes:y de sus
fortunas y aduer
sidades.

1554

Portada de la primera edición (Burgos, 1554).

PRÓLOGO[1]

Yo por bien tengo que cosas tan señaladas y por ventura nunca oídas ni vistas[2] vengan a noticia de muchos y no se entierren en la sepultura del olvido,[3] pues podría ser que alguno que las lea halle algo que le agrade, y a los que no ahondaren tanto los deleite. Y a este propósito dice Plinio[4] que no hay libro, por malo que sea, que no tenga alguna cosa buena. Mayormente que los gustos no son todos unos, más lo que uno no come, otro se pierde por ello;[5] y así vemos cosas

[1] Para la interpretación del prólogo, vid. especialmente a F. Rico ("Problemas del *Lazarillo*"), F. Lázaro ("Construcción...", pp. 172 y ss.), S. Gilman ("The Death...") y André Lambertit (en S. Saillard *et al.*, *Introduction à l'étude critique*. *Textes espagnols*, Armand Collin, Collection U2, París, 1972, pp. 147-181).

[2] Se trata de una parodia del tópico para interesar al lector, característico del *exordio*. Cf.: "Y porque en mi vida las cosas y sucesos prodigiosos que me han pasado..." (Pedro Ordóñez de Ceballos, *Viaje del mundo*, en *Autobiografías y Memorias*, ed. M. Serrano y Sanz, NBAE, 2, p. 274).

[3] Otro tópico del *exordio*, justificado por el carácter 'histórico' del relato: "Quia rerum gestarum veritas, temporum tenebris oscurata iaceret *in oblivionis sepulchro*, nisi lucem ei afferret historia" (P. Pomey, *Novus Candidatus Rhetoricae*, Barcelona, s. a. [h. 1700], p. 19).

[4] Otro tópico del *exordio* para ganar la benevolencia del lector. Lo atribuye Plinio el Joven a su tío Plinio el Viejo (*Epístolas*, III, 5, 10). Ejemplos anteriores del uso de la cita pueden verse en Claudio Guillén (*L. de T.*, n. 2).

[5] Es idea que se remonta a Horacio (*Epístolas*, II, 2, 58-63) (*ap.* F. Rico, *NPE*, p. 5, n. 2). *Cf.*: "y que así como hay muchos libros hay muchos apetitos y que también las cosas

tenidas en poco de algunos, que de otros no lo son. Y
esto para [6] que ninguna cosa se debría romper, ni echar
a mal, si muy detestable no fuese, sino que a todos se
comunicase, mayormente siendo sin perjuicio y pudiendo sacar della algún fructo; porque, si así no fuese,
muy pocos escribirían para uno solo, pues no se hace
sin trabajo, y quieren, ya que lo pasan, ser recompen-
sados, no con dineros, mas con que vean y lean sus
obras, y si hay de qué, se las alaben. Y a este propósito dice Tulio: [7] "La honra cría las artes".

¿Quién piensa que el soldado que es primero del es-
cala, tiene más aborrescido el vivir? No por cierto; mas
el deseo de alabanza le hace ponerse al peligro. Y así
en las artes y letras es lo mesmo. [8] Predica muy bien
el presentado, [9] y es hombre que desea mucho el provecho de las ánimas; mas pregunten a su merced si le
pesa cuando le dicen: "¡Oh qué maravillosamente lo
ha hecho vuestra reverencia!" Justó [10] muy ruinmente
el señor don Fulano, y dio el sayete de armas [11] al

---

nuevas aplacen" (*Don Florando de Inglaterra*, Lisboa, 1545,
Prólogo).

   [6] Construcción confusa. La voz *para* debe funcionar aquí
como verbo con la acepción de 'hace' (*vid.* F. Rico, *NPE²*,
p. 5, n. 3, adic.). *Cf.* Mal Lara (*Philosophia Vulgar*, III, p. 209):
"*Desparar* es 'deshacer', como *parar* es 'poner concierto'". Podría
entenderse también como una elisión: "Y esto [es] para que...",
con valor causal.

   [7] Es Cicerón (*Tusculanas*, I, 2, 4): "Honos alit artes".

   [8] *Cf.* Feliciano de Silva (*Segunda Celestina*, p. 298): "Porque créeme, Porcia, que pocos habría que con esfuerzo aventu-
rasen las vidas, si pensasen que sólo ellos habían de ser testigos
de la gloria de sus hazañas; mas por estimación que acerca de
la gloria de osar ganan de los otros, o de la mala estimación
de no servir con la vida a la fortaleza de osar, por razón de
temerse, disponen al sacrificio de las vidas por las honras". Para
más ejemplos *vid.* Rico, *NPE²*, p. 6, n. 4 y *add.*

   [9] *presentado*: "Teólogo que ha seguido su carrera y acaba-
das sus lecturas está esperando el grado de maestro" (*Aut.*).

   [10] *justó*: participó en una justa o combate singular.

   [11] *sayete*: el jubón que iba debajo de la armadura. *Cf.* Don
Francesillo de Zúñiga (*Crónica*, p. 12*b*): "y hiciéronse por ello
muchas fiestas de justas y torneos y juegos de cañas. De placer que hobieron, todos daban los vestidos a los albardanes, lo
que hoy, por nuestros pecados, en España no se hace ni se
hará".

truhán porque le loaba de haber llevado muy buenas lanzas: ¿qué hiciera si fuera verdad?

Y todo va desta manera: que confesando yo no ser más sancto que mis vecinos, desta nonada, que en este grosero estilo [12] escribo, no me pesará que hayan parte y se huelguen con ello todos los que en ella algún gusto hallaren, y vean que vive un hombre con tantas fortunas, [13] peligros y adversidades.

Suplico a Vuestra Merced reciba el pobre servicio de mano de quien lo hiciera más rico si su poder y deseo se conformaran. Y pues Vuestra Merced escribe se le escriba y relate el caso muy por extenso, parescióme no tomalle por el medio, sino del principio, porque se tenga entera noticia de mi persona, y también porque consideren los que heredaron nobles estados cuán poco se les debe, pues Fortuna fue con ellos parcial, y cuánto más hicieron los que, siéndoles contraria, con fuerza y maña remando salieron a buen puerto.

---

[12] *grosero estilo*: *Vid.* Introd., p. 43.
[13] *fortunas*: en el sentido marinero de 'desgracias, tormentas'. Es fórmula asimismo tópica (*vid.* Guillén, *L. de T.*, n. 12).

CUENTA LÁZARO SU VIDA Y CÚYO HIJO FUE [15]

PUES sepa [16] Vuestra Merced ante todas cosas que a mí llaman Lázaro de Tormes, hijo de Tomé Gonzáles y de Antona Pérez, naturales de Tejares, aldea de Salamanca. Mi nascimiento fue dentro del río Tormes, por la cual causa tomé el sobrenombre, [17] y fue desta manera: mi padre, que Dios perdone, tenía cargo de proveer una molienda de una aceña que está ribera

[14] Para las fuentes folklóricas del nacimiento de Lázaro, *vid.* F. Maldonado de Guevara (*Interpretación*) y Fernando Lázaro Carreter ("Construcción"). Para la figura del ciego en la tradición clásica y cristiana, *vid.* Jack Weiner ("El ciego y las dos hambres de Lázaro de Tormes", III, 5, Serie Monografías, 20, Chile, Universidad Católica de Valparaíso, 1971); para la simbología —dudosa— de este tratado en el que Lázaro representaría a Adán y el ciego a Satanás, *vid.* Perry T. Anthony ("Biblical Symbolism in the *L. de T.*", *Sp*, LXVII [1970], 139-146).

[15] F. Rico interpreta este epígrafe como cargado de intención, puesto que Lázaro recalca "como, después de Dios, éste [el ciego] me dio la vida" (*NPE*, p. XLV). En este caso, la división en *tratados* o capítulos existiría ya en el original y no sería una caprichosa selección por parte del primer editor. De hecho, casi todas las autobiografías nos han llegado divididas en capítulos. El uso de la tercera persona en los epígrafes, se da, por ejemplo, en el *Guzmán*, como ha indicado F. Rico (*NPE*, p. 9, n. **), aunque en este caso el autor es Alemán y no el propio protagonista, y, seguramente, sigue la moda iniciada con el *Lazarillo*. La brevedad de los tratados IV y VI tampoco es indicio suficiente para sospechar una división apócrifa (*vid.* F. Rico, *NPE*, p. 66, n. *).

[16] Es fórmula normal en la narrativa del siglo XVI, especialmente en cartas: "Pues que V. M." (Villalobos, *Algunas obras*, p. 15); "Pues ansí comencé..." (Santa Teresa, *La vida*, p. 74).

[17] *sobrenombre*: apellido.

de aquel río, en la cual fue molinero más de quince años; y estando mi madre una noche en la aceña, preñada de mí, tomóle el parto y parióme allí; de manera que con verdad me puedo decir nascido en el río.

Pues siendo yo niño de ocho años, achacaron a mi padre ciertas sangrías mal hechas en los costales de los que allí a moler venían, por lo cual fue preso, y confesó, y no negó, [18] y padesció persecución por justicia. Espero en Dios que está en la Gloria, pues el Evangelio los llama bienaventurados. [19] En este tiempo se hizo cierta armada contra moros, entre los cuales [20] fue mi padre, que a la sazón estaba desterrado por el desastre [21] ya dicho, con cargo de acemilero de un caballero que allá fue; y con su señor, como leal criado, fenesció su vida.

Mi viuda madre, como sin marido y sin abrigo se viese, determinó arrimarse a los buenos por ser uno dellos, [22] y vínose a vivir a la ciudad, y alquiló una casilla, y metióse a guisar de comer a ciertos estudiantes, y lavaba la ropa a ciertos mozos de caballos del

---

[18] Parodia del *Evangelio* (S. Juan, I, 20): "confessus est et non negavit". El doble significado de "*por justicia*" ya en *La Celestina* (F. Rico, *NPE*, p. 10, n. 3).

[19] Parodia de nuevo del *Evangelio* (S. Mateo, V, 10): "Beati qui persecutionem patiuntur propter iustitiam, quoniam ipsorum est regnum coelorum". *Cf.* Francesillo de Zúñiga (*Epístolas*, p. 12b): "Mujeres de España, bienaventuradas las que no tuvieron seso, que tiempo verná que veréis a los del Consejo de Medina de Ríoseco, y secarse han los caminos".

[20] *Cf.* F. Rico (*NPE*, p. LXXI): "Pienso incluso si alguna construcción aparentemente confusa no encerrará un meditado —y despiadado— chiste" y ejemplifica con el "entre los cuales [moros]" del pasaje.

[21] *desastre*: "Desgracia lamentable, atribuida a los astros" (*Cov.*).

[22] Refrán documentado ya en Santillana. *Cf.* Fernández de Oviedo (*Quinquagenas*, p. 112): "A los buenos te acuesta / vivirás muy más seguro"; Feliciano de Silva (*Segunda Celestina*, p. 231): "Guárdate, hijo, de las malas conversaciones, y llégate a los buenos y serás uno dellos". Compárese con el siguiente pasaje de Erasmo (*Coloquio del amor de niños a Dios* [trad. 1532], en Menéndez y Pelayo, *Orígenes de la Novela*, IV, *NBAE*, 21, p. 156): "Así mismo, en cuanto puedo e mis fuerzas me bastan, me aparto de la compañía de los malos y me allego a la de los buenos y buenas costumbres, para que con su conversación me hagan mejor".

Comendador de la Magdalena; [23] de manera que fue frecuentando las caballerizas. Ella y un hombre moreno, [24] de aquellos que las bestias curaban, [25] vinieron en conoscimiento. [26] Este algunas veces se venía a nuestra casa, y se iba a la mañana; otras veces de día llegaba a la puerta, en achaque de comprar huevos, y entrábase en casa. Yo, al principio de su entrada, pesábame con él y habíale miedo, viendo el color y mal gesto [27] que tenía; mas de que [28] vi que con su venida mejoraba el comer, fuile queriendo bien, porque siempre traía pan, pedazos de carne, y en el invierno leños, a que nos calentábamos.

De manera que, continuando la posada y conversación, [29] mi madre vino a darme un negrito muy bonito, el cual yo brincaba y ayudaba a calentar. Y acuérdome que estando el negro de mi padrastro trebajando [30] con el mozuelo, como el niño vía a mi madre y a mí blancos, y a él no, huía dél con miedo para mi madre, y señalando con el dedo decía: "¡Madre, coco!" [31] Respondió él riendo: "¡Hideputa!" [32]

[23] La Iglesia de la Magdalena pertenecía a la Orden de Alcántara.

[24] *moreno*: "Llaman también al hombre negro atezado, por suavizar la voz *negro*, que es la que le corresponde" (*Aut.*).

[25] *curaban*: cuidaban.

[26] *conoscimiento*: en la doble acepción de 'conocer' y de 'tener trato carnal'.

[27] *mal gesto*: feo rostro.

[28] *de que*: desde que.

[29] *conversación*: "Se toma también por trato y comunicación ilícita, o amancebamiento" (*Aut.*).

[30] *trebajando*: jugando.

[31] *coco*: "En lenguaje de los niños vale figura que causa espanto, y ninguna tanto como las que están a lo escuro o muestran color negro" (*Cov.*). Cf. Villalobos (*Algunas obras*, p. 7): "Este es el juego de los negros que van en carnes, que cada uno se cae de risa de la fealdad del otro" (*ap.* F. Lázaro, "Construcción...", p. 108). Para la difusión de la anécdota, *vid.* F. Rico, *NPE*, p. 11, n. 14.

[32] *hideputa*. Refiriéndose a niños, la exclamación solía tener un carácter afectivo. El autor juega, claro está, con el sentido literal. Cf. Giovanni Miranda (*Osservationi della lingua castigliana*, Venecia, 1567, p. 299): "Et così dicono à tutti quei che vogliono riprendere di alcuna cosa, e alhora questa parola *hideputa* non vuol dir altro qui che *oy* [¡Oh!] ammirativo...".

Yo, aunque bien mochacho, noté aquella palabra de mi hermanico, y dije entre mí: "¡Cuántos debe de haber en el mundo que huyen de otros porque no se veen a sí mesmos!"

Quiso nuestra fortuna que la conversación del Zaide, que así se llamaba, llegó a oídos del mayordomo, y hecha pesquisa, hallóse que la mitad por medio de la cebada que para las bestias le daban hurtaba; y salvados, [33] leña, almohazas, mandiles, y las mantas y sábanas de los caballos hacía perdidas; y cuando otra cosa no tenía, las bestias desherraba, y con todo esto acudía a mi madre para criar a mi hermanico. No nos maravillemos de un clérigo ni fraile porque el uno hurta de los pobres, [34] y el otro de casa para sus devotas y para ayuda de otro tanto, [35] cuando a un pobre esclavo el amor le animaba a esto.

Y probósele cuanto digo y aun más, porque a mí, con amenazas, me preguntaban, y como niño respondía y descubría cuanto sabía con miedo, hasta ciertas herraduras que por mandado de mi madre a un herrero vendí.

Al triste de mi padrastro azotaron y pringaron, [36] y a mi madre pusieron pena por justicia, sobre el acos-

---

[33] *salvados*: salvado. Era un plural con significado singular. Covarrubias todavía registra la voz en plural.

[34] *Cf.* Mal Lara (*Philosophía vulgar*, IV, p. 48): "Como sería de algunos que se encargan de pedir limosna para los pobres y ponen en ello gran diligencia, haciendo grandes muestras de caridad, y la verdad del negocio es que ellos no lo hacen sino para aprovecharse de lo que se les queda entre las uñas".

[35] *y para ayuda de otro tanto*. Frase de significado confuso que ningún editor explica satisfactoriamente. A. Castro apunta: "¿Quiere decir que se queda él con otro tanto de lo que les da a ella?" (*Hacia Cervantes*, p. 27). Habría que editar entonces: "y, para ayuda, de otro tanto". Podría entenderse como una correlación: "El clérigo roba de los pobres para las devotas; el fraile roba de su convento también para sus devotas ['para ayuda de otro tanto']".

[36] *pringaron*: tormento que consistía en *dar pringue*, que es "lo que destila el tocino cuando se asa" (*Cov.*), encima de las heridas. Comenta Covarrubias: "los que pringan a los esclavos son hombres inhumanos y crueles".

tumbrado centenario, [37] que en casa del sobredicho Comendador no entrase ni al lastimado Zaide en la suya acogiese.

Por no echar la soga tras el caldero, [38] la triste se esforzó y cumplió la sentencia; y por evitar peligro y quitarse de malas lenguas, se fue a servir a los que al presente vivían en el mesón de la Solana; [39] y allí, padesciendo mil importunidades, se acabó de criar mi hermanico hasta que supo andar, y a mí hasta ser buen mozuelo, que iba a los huéspedes por vino y candelas y por lo demás que me mandaban.

En este tiempo vino a posar al mesón un ciego, el cual, paresciéndole que yo sería para adestralle, [40] me pidió a mi madre, y ella me encomendó a él diciéndole cómo era hijo de un buen hombre, el cual, por ensalzar la fe, había muerto en la de los Gelves, [41] y que ella confiaba en Dios no saldría peor hombre que mi padre, y que le rogaba me tratase bien y mirase por mí, pues era huérfano. Él respondió que así lo haría y que me recibía no por mozo, sino por hijo. Y así le comencé a servir y adestrar a mi nuevo y viejo amo. [42]

Como estuvimos en Salamanca algunos días, paresciéndole a mi amo que no era la ganancia a su contento, determinó irse de allí, y cuando nos hubimos de partir yo fui a ver a mi madre, y ambos llorando, me dio su bendición y dijo:

---

[37] *centenario*: el centenar de azotes con que una persona quedaba infamada.

[38] "*Echar la soga tras el caldero* es, perdida una cosa, echar a perder el resto" (*Cov.*). En el texto, además, se juega con el sentido literal: "para no ir a la horca, después del caldero de pringue". De ahí que luego diga: "por evitar peligro". El mismo sentido literal en *La Celestina* (*La Celestina y Lazarillos*, ed. M. de Riquer, p. 167): "Y si muere, matarme han, y irán allá la soga y el calderón".

[39] "El mesón de la Solana, sito entonces en la actual casa del Ayuntamiento, de Salamanca. Es posible que tuviera entrada por la calle de la Bola, en la que se hallaba una de las famosas tabernillas de la ciudad" (*ap.* Carmen Castro, *L. de T.*, p. 39).

[40] *adestralle*: servirle de guía.

[41] *la de Gelves*: en 1510. Vid. Introduc., p. 10.

[42] *Cf.* Cervantes (*Persiles y Sigismunda*, ed. Schevill-Bonilla, Madrid, 1914, II, p. 61): "Suspensos quedaron los peregrinos de la relación de *la nueva, aunque vieja*, peregrina".

—Hijo, ya sé que no te veré más; [43] procura de ser bueno, y Dios te guíe; criado te he y con buen amo te he puesto, válete por ti.

Y así, me fui para mi amo, que esperándome estaba.

Salimos de Salamanca, y llegando a la puente, está a la entrada della un animal de piedra, que casi tiene forma de toro, [44] y el ciego mandóme que llegase cerca del animal, y allí puesto, me dijo:

—Lázaro, llega el oído a este toro y oirás gran ruido dentro dél.

Yo simplemente llegué, creyendo ser ansí; y como sintió que tenía la cabeza par de la piedra, afirmó recio la mano y diome una gran calabazada [45] en el diablo del toro, que más de tres días me duró el dolor de la cornada, y díjome:

—Necio, aprende, que el mozo del ciego un punto ha de saber más que el diablo. [46]

Y rió mucho la burla.

Parescióme que en aquel instante desperté de la simpleza en que, como niño, dormido estaba. Dije entre mí: "Verdad dice éste, que me cumple avivar el ojo y avisar, pues solo soy, y pensar cómo me sepa valer."

Comenzamos nuestro camino, y en muy pocos días

---

[43] *Cf.* Jacme Roig (*El Espejo de Jaime Roig,* traducido al castellano por R. Miquel y Planas, Barcelona, 1936-1942, p. 21): "Al aviarme de casa a marchas dobladas, para que me diese el aire, bien aireado y sin camisa, me dijo [mi madre]: Anda a tu guisa, ve donde quieras: desde hoy busca donde mojar tu sopa; por esta noche cenarás aquí: mañana, pesca al arrastre; y si esto no te pluguiere, podrías hacerte bergante en el Grao o linternero de cabo de ronda... pies y manos y tienes: gánate lo que necesites y busca tu suerte". El tópico cobra en el *Lazarillo* un valor del que carecen el texto de Roig y los cuentos que en general se sirven de él.

[44] "La puente de Salamanca sobre el río Tormes es edificio de romanos y sobre ella está una figura de un toro, aunque ya muy gastada" (*Cov.*).

[45] *calabazada*: "Los golpes que dan a uno arrimándole la cabeza a la pared" (*Cov.*). Es burla tradicional que aun hoy pervive en algunas localidades (*vid.* F. Rico, *NPE,* pp. XXVII y 13, n. 23 *bis*).

[46] Es proverbial: "Sabe un punto más que el diablo" (Correas).

me mostró jerigonza; [47] y como me viese de buen ingenio, holgábase mucho y decía: "Yo oro ni plata no
te lo puedo dar; [48] mas avisos para vivir muchos te
mostraré." Y fue ansí, que, después de Dios, éste me
dio la vida, y siendo ciego me alumbró y adestró en
la carrera [49] de vivir.

Huelgo de contar a Vuestra Merced estas niñerías
para mostrar cuánta virtud sea saber los hombres subir siendo bajos, y dejarse bajar siendo altos cuánto
vicio. [50]

Pues tornando al bueno de mi ciego y contando sus
cosas, Vuestra Merced sepa que desde que Dios crió [51]
el mundo, ninguno formó más astuto ni sagaz. En su
oficio era un águila: ciento y tantas oraciones sabía de
coro; un tono bajo, reposado y muy sonable, que
hacía resonar la iglesia donde rezaba; un rostro humilde y devoto, que con muy buen continente ponía cuando rezaba, sin hacer gestos ni visajes con boca ni ojos
como otros suelen hacer. Allende [52] desto, tenía otras
mil formas y maneras para sacar el dinero. Decía saber
oraciones para muchos y diversos efectos: para mujeres que no parían, [53] para las que estaban de parto,
para las que eran malcasadas, que sus maridos las qui-
siesen bien. Echaba pronósticos a las preñadas si traían
hijo o hija. Pues en caso de medicina, decía que Galeno
no supo la mitad que él para muela, desmayos, males
de madre. [54] Finalmente, nadie le decía padecer alguna

47 jerigonza: "Un cierto lenguaje particular que usan los
ciegos con que se entienden entre sí" (Cov.).
48 Hechos de los Apóstoles, III, 6.
49 carrera: camino.
50 Para un comentario del pasaje con textos paralelos, vid.
F. Rico, NPE, p. 14, n. 27.
51 crió: creó.
52 allende: además.
53 Cf. Rufo (Las Seiscientas Apotegmas, n.º 315, p. 118):
"Tardó una gran señora en tener hijos de bendición, y a cabo
de muchos años y devociones, parió un hijo ciego. El cual
pasando por la Encoronada de Nápoles, dijo un soldado: 'Pues
allí donde le veis, es hijo de oraciones'. Respondió: 'Bien se le
parece en lo ciego'".
54 madre: matriz.

pasión, [55] que luego [56] no le decía: "Haced esto, haréis estotro, cosed tal yerba, tomad tal raíz." Con esto andábase todo el mundo tras él, especialmente mujeres, que cuanto les decía, creían. Déstas sacaba él grandes provechos con las artes que digo, y ganaba más en un mes que cien ciegos en un año.

Mas también quiero que sepa Vuestra Merced que con todo lo que adquiría y tenía, jamás tan avariento ni mezquino hombre no vi, tanto que me mataba a mí de hambre, y así no me demediaba [57] de lo necesario. Digo verdad: si con mi sotileza y buenas mañas no me supiera remediar, muchas veces me finara [58] de hambre; mas con todo su saber y aviso le contaminaba [59] de tal suerte, que siempre, o las más veces, me cabía lo más y mejor. Para esto le hacía burlas endiabladas, de los cuales contaré algunas, aunque no todas a mi salvo. [60]

Él traía el pan y todas las otras cosas en un fardel de lienzo que por la boca se cerraba con una argolla de hierro y su candado y su llave, y al meter de todas las cosas y sacallas, era con tan gran vigilancia y tanto por contadero, [61] que no bastara hombre en todo el mundo hacerle menos una migaja. Mas yo tomaba aquella laceria que él me daba, la cual en menos de dos bocados era despachada. Después que cerraba el candado y se descuidaba, pensando que yo estaba entendiendo en otras cosas, por un poco de costura, que muchas veces del un lado del fardel [62] descosía y tornaba a coser sangraba el avariento fardel, sacando no por tasa

---

[55] *pasión*: dolor, enfermedad.

[56] *luego*: inmediatamente.

[57] *no me demediaba*: no alcanzaba yo la mitad de lo necesario. Es, como indica Rico, verbo pronominal y el sujeto es Lázaro (de todas formas, no es seguro; *vid.* más adelante, p. 115, n. 131).

[58] *me finara*: me consumiera.

[59] *contaminaba*: le atacaba con engaños.

[60] *a mi salvo*: sin recibir daño.

[61] *por contadero*: "Locución con que se da a entender que el sitio o paraje por donde es preciso pasar, es tan estrecho, que no puede ser sino uno por uno" (*Aut.*).

[62] Para la relación de esta burla con otros textos *vid.* Introduc. p. 15.

pan, mas buenos pedazos, torreznos y longaniza. Y ansí, buscaba conveniente tiempo para rehacer, no la chaza, [63] sino la endiablada falta que el mal ciego me faltaba.

Todo lo que podía sisar y hurtar traía en medias blancas; [64] y cuando le mandaban rezar y le daban blancas, como él carecía de vista, no había el que se la daba amagado con ella, cuando yo la tenía lanzada en la boca y la media aparejada, que por presto que él echaba la mano, ya iba de mi cambio aniquilada en la mitad del justo precio. [65] Quejábaseme el mal ciego, porque al tiento luego conocía y sentía que no era blanca entera, y decía:

—¿Qué diablo es esto, que después que comigo estás no me dan sino medias blancas, y de antes una blanca y un maravedí hartas veces me pagaban? ¡En ti debe estar esta desdicha!

También él abreviaba el rezar y la mitad de la oración no acababa, porque me tenía mandado que, en yéndose el que la mandaba rezar, le tirase por cabo del capuz. [66] Yo así lo hacía. Luego él tornaba a dar voces, diciendo: "¿Mandan rezar tal y tal oración?", como suelen decir. [67]

Usaba poner cabe sí un jarrillo de vino cuando comíamos, y yo, muy de presto, le asía y daba un par de besos [68] callados y tornábale a su lugar. Mas turóme [69]

---

[63] *rehacer la chaza*: "Volver a jugar la pelota" (*Cov.*), esto es, repetir la jugada. *Falta* tiene, claro está, el significado de 'error' —en el juego—, y 'escasez'. De hecho, el juego de palabras se suscita con la doble acepción de *rehacer* 'repetir [la chaza]' y 'arreglar [la falta]'.

[64] *blanca*: moneda de muy poco valor. Dos blancas equivalían a un maravedí.

[65] Es decir, "yo recogía la blanca para besarla y me la metía en la boca, sacando la media que tenía preparada". *Vid.* para el pasaje A. Rumeau, "Notes au *Lazarillo*: 'lanzar' ", *BHi*, LXIV (1962), pp. 228-235.

[66] *capuz*: capa larga cerrada.

[67] "Los ciegos comúnmente demandan limosna en los lugares principales, y que rezaban tal y tal oración", en Pinedo, *Liber facetiarum* (*ap.* Foulché-Delbosc, "Remarques...", *RHi* [1900], p. 95).

[68] "*Dar besitos al jarro*: menudear el beber poco a poco" (*Cov.*).

[69] *turóme*: duróme.

poco, que en los tragos conocía la falta, y por reservar
su vino a salvo, nunca después desamparaba el jarro,
antes lo tenía por el asa asido. Mas no había piedra
imán que así trajese a sí[70] como yo con una paja larga
de centeno, que para aquel menester tenía hecha,[71] la
cual metiéndola en la boca del jarro, chupando el vino
lo dejaba a buenas noches.[72] Mas como fuese el traidor
tan astuto, pienso que me sintió, y dende en adelante
mudó propósito, y asentaba su jarro entre las piernas,
y atapábale con la mano, y ansí bebía seguro.

Yo, como estaba hecho al vino, moría por él;[73] y
viendo que aquel remedio de la paja no me aprovechaba ni valía, acordé en el suelo del jarro hacerle una
fuentecilla y agujero sotil, y delicadamente con una muy
delgada tortilla de cera taparlo, y al tiempo de comer,
fingiendo[74] haber frío, entrábame entre las piernas del
triste ciego a calentarme en la pobrecilla lumbre que
teníamos, y al calor della luego derretida la cera (por
ser muy poca), comenzaba la fuentecilla a destilarme en
la boca, la cual yo de tal manera ponía, que maldita la
gota se perdía. Cuando el pobreto iba a beber, no hallaba nada. Espantábase, maldecíase, daba al diablo el
jarro y el vino, no sabiendo qué podía ser.

[70] *Cf.* Feliciano de Silva (*Segunda Celestina*, p. 254): "que
pienso que no hay piedra imán que a sí traiga el acero, como
con su voz los corazones de los hombres llama".

[71] La burla se encuentra ya en unas ilustraciones de un manuscrito de las *Decretales* de S. Gregorio, copiado en el siglo XIV,
que dio a conocer Foulché-Delbosc ("Remarques...", *RHi*, VII
[1900], p. 94). *Vid.* además, para la tradicionalidad de la burla
en el mundo clásico, María Rosa Lida de Malkiel, "Función
del cuento...", pp. 352-3.

[72] "*Dejar a buenas noches*, metafóricamente vale burlar a
uno, dejándole sin lo que pretendía o deseaba", pero también
"equivale a dejar a uno a escuras y sin luz" (*Aut.*); es muy
posible que se trate, como supone A. Rumeau ("Notes au *Lazarillo*: 'lanzar'", p. 234), de un juego de palabras con la ce-
guera del amo.

[73] *Cf.* Giovanni Miranda (*Osservationi*, p. 345): "e cosi se
dice *muerto por ver, muerto por oír, muerto por comer*; cioé,
desideroso over bramoso di vedere, di udire, di mangiare".

[74] *fingendo*: 'fingiendo' por asimilación de la yod a la sibi-
lante. Es forma perfectamente documentada en la época.

—No diréis, tío,[75] que os lo bebo yo —decía—, pues no le quitáis de la mano.

Tantas vueltas y tientos dio al jarro, que halló la fuente, y cayó en la burla; mas así lo disimuló como si no lo hubiera sentido. Y luego otro día,[76] teniendo yo rezumando mi jarro como solía, no pensando el daño que me estaba aparejado ni que el mal ciego me sentía, sentéme como solía. Estando recibiendo aquellos dulces tragos, mi cara puesta hacia el cielo, un poco cerrados los ojos por mejor gustar el sabroso licor, sintió el desesperado ciego que agora tenía tiempo de tomar de mí venganza, y con toda su fuerza, alzando con dos manos aquel dulce y amargo jarro, le dejó caer sobre mi boca, ayudándose, como digo, con todo su poder, de manera que el pobre Lázaro, que de nada desto se guardaba,[77] antes, como otras veces, estaba descuidado y gozoso, verdaderamente me pareció que el cielo, con todo lo que en él hay, me había caído encima.

Fue tal el golpecillo, que me desatinó[78] y sacó de sentido, y el jarrazo tan grande, que los pedazos dél se me metieron por la cara, rompiéndomela por muchas partes, y me quebró los dientes, sin los cuales hasta hoy día me quedé. Desde aquella hora quise mal al mal ciego; y aunque me quería y regalaba y me curaba,[79] bien vi que se había holgado del cruel castigo. Lavóme con vino las roturas que con los pedazos del jarro me había hecho, y sonriéndose decía:

---

[75] *tío*: "llama en algunos lugares la gente rústica a los hombres de edad madura" (*Cov.*).

[76] *otro día*: al día siguiente.

[77] El cambio a la tercera persona no es, por descontado, un descuido del autor. Se trata de un medio más con que cuenta para lograr la *evidentia* de la escena.

[78] *desatinó*: sacó de tino, "que es atolondrar a uno con golpe o porrazo" (*Aut.*).

[79] *curaba*: cuidaba. *Cf.* Sebastián de Horozco (*Cancionero*, p. 273): "Y si algo le duele, cómo le regala y cómo le cura" (*ap.* Márquez Villanueva, "Sebastián de Horozco...", p. 298).

—¿Qué te parece, Lázaro? Lo que te enfermó te sana y da salud. [80]

Y otros donaires, que a mi gusto no lo eran.

Ya que estuve medio bueno de mi negra trepa [81] y cardenales, considerando que a pocos golpes tales el cruel ciego ahorraría [82] de mí, quise yo ahorrar dél; mas no lo hice tan presto por hacello más a mi salvo y provecho. Y aunque yo quisiera asentar mi corazón y perdonalle el jarrazo, no daba lugar el maltratamiento que el mal ciego dende allí adelante me hacía, que sin causa ni razón me hería, [83] dándome coxcorrones y repelándome. Y si alguno le decía por qué me trataba tan mal, luego contaba el cuento del jarro, diciendo:

—¿Pensaréis que este mi mozo es algún inocente? Pues oíd si el demonio ensayara [84] otra tal hazaña.

[80] "Expresión proverbial de origen bíblico; *Deut.* 32:39: 'Yo hago morir, y yo hago vivir; yo hiero y yo amo'" (*ap.* Guillén, *L. de T.,* n. 90). *Cf.* Feliciano de Silva (*Segunda Celestina,* p. 119): "Hija, mejor fuera con vino, por tu vida; ¿no sabes tú que con vino se mata el fuego de alquitrán, y con vino se lavan los cauterios después quedados? Y las llagas, ¿con qué se lavan sino con él?". Comenta Bataillon (*Novedad y fecundidad,* p. 34): "Es muy verosímil que el autor del *Lazarillo* conociera este proverbio ['Lávasme la cabeza después de descalabrada'] y que le sugiriese, si no el desenlace del episodio del jarro del vino, en que el ciego rompe el jarro en la cabeza del niño, por lo menos el epílogo, los comentarios sobre el vino que sirve para lavar las heridas de Lázaro, invención capital, teniendo el cuenta el papel que representa el *leitmotiv* jovial del vino en el *Lazarillo* y en sus continuaciones". Discutible es, en cambio, la interpretación religiosa que da Weiner ("El ciego y las dos hambres...", p. 17).

[81] *Cf.* Giovanni Miranda (*Observationi,* p. 338): "Usando etiandio i castigliani alcuni nomi nel comune parlare, quasi sono il nome *negro* e il nome *amico*; il nome *negro* s'usa come negando alcuna cosa, si come si dicesse che ha robba, over che ha havuto piacer, se egli vuel negarlo, direbbe: *qué negras riquezas tengo, qué negro placer fue él*". Juega el autor con este sentido y el literal del color negro, puesto que la 'trepa' es, según Covarrubias (s. v.: *trepar*), la orla del vestido: "Lázaro, pues, había quedado como orlado de moraduras", comenta F. Rico (*NPE,* p. 19, n. 59).

[82] *ahorraría:* de 'ahorrar' que es dar libertad al esclavo.

[83] *hería:* golpeaba.

[84] *ensayara:* "algunas veces significa el embuste de alguna persona que, con falsedad y mentira, nos quiere engañar y hacer prueba de nosotros" (*Cov.*).

Santiguándose los que lo oían, decían:

—¡Mirá [85] quién pensara de un muchacho tan pequeño tal ruindad!

Y reían mucho el artificio, y decíanle:

—Castigaldo, [86] castigaldo, que de Dios lo habréis. [87]

Y él, con aquello, nunca otra cosa hacía.

Y en esto, yo siempre le llevaba por los peores caminos, y adrede, por le hacer mal y daño; si había
piedras, por ellas; si lodo, por lo más alto, que aunque
yo no iba por lo más enjuto, holgábame a mí de quebrar un ojo por quebrar dos al que ninguno tenía. [88]
Con esto siempre con el cabo alto del tiento me aten-
taba el colodrillo, el cual siempre traía lleno de tolon-
drones y pelado de sus manos; y aunque yo juraba no
lo hacer con malicia, sino por no hallar mejor camino,
no me aprovechaba ni me creía, mas [89] tal era el sentido y el grandísimo entendimiento del traidor.

Y porque vea Vuestra Merced a cuánto se estendía
el ingenio deste astuto ciego, contaré un caso de muchos que con él me acaescieron, en el cual me paresce
dio bien a entender su gran astucia. Cuando salimos de
Salamanca, su motivo fue venir a tierra de Toledo, porque decía ser la gente más rica, aunque no muy limos-
nera; [90] arrimábase a este refrán: "Más da el duro que

---

85 *Mirá*: 'mirad'. Era la forma habitual en el imperativo.

86 *castigaldo*: por 'castigadlo'. La metátesis *ld* pervive hasta
el siglo XVIII: "También pertenece a la gramática el saber jun-
tar el pronombre con el verbo, en lo cual veo un incierto uso,
no sé de dónde sea nacido, y es que muchos dicen *poneldo y
envialdo*, por *ponedlo y enviadlo*" comenta hacia 1535 Juan de
Valdés (*Diálogo de la Lengua*, ed. Cristina Barbolani, Firenze,
1967, p. 29).

87 'Que Dios os recompensará'.

88 *Cf.* Feliciano de Silva (*Segunda Celestina*, p. 437): "Hija,
nunca por quebrar los ojos a otro te lo quiebres a ti; bebe e
no cures de motes". El proverbio se remonta a una fábula de
tipo esópico (*vid.* F. Rico, *NPE²*, add. a p. 20, n. 65).

89 Estoy de acuerdo con J. Caso en seguir la puntuación de
ABC ("ni me creía, mas..."). Los editores modernos suelen puntuar: "ni me creía más: tal era...".

90 Es posible que haya una alusión al tradicional origen
judaico de la zona de Toledo: "Así como por donaire decimos
que el conde de Orgaz es señor de Judea, no porque en Pales-
tina ni en toda Mesopotamia tenga una sola almena, sino por-

el desnudo." [91] Y venimos a este camino por los mejores lugares. Donde hallaba buena acogida y ganancia, deteníamonos; donde no, a tercero día hacíamos Sant Juan. [92]

Acaesció que, llegando a un lugar que llaman Almorox [93] al tiempo que cogían las uvas, un vendimiador le dio un racimo dellas en limosna. Y como suelen ir los cestos maltratados, y también porque la uva en aquel tiempo está muy madura, desgranábasele el racimo en la mano; para echarlo en el fardel, tornábase mosto y lo que a él se llegaba. Acordó de hacer un banquete, ansí por no lo poder llevar como por contentarme que aquel día me había dado muchos rodillazos y golpes. Sentámonos en un valladar, y dijo:

—Agora quiero yo usar contigo de una liberalidad, y es que ambos comamos este racimo de uvas, y que hayas dél tanta parte como yo. Partillo hemos desta manera: tú picarás una vez, y yo otra; con tal que me prometas no tomar cada vez más de una uva. Yo haré lo mesmo hasta que lo acabemos, y desta suerte no habrá engaño.

Hecho ansí el concierto, comenzamos; mas luego al segundo lance, el traidor mudó propósito, y comenzó a tomar de dos en dos, considerando que yo debría

---

que es señor de la villa de Santa Olalla, a donde los más de los moradores son conversos, porque como esta gente aborrezca la tierra de montaña, do hay poco en qué vivir y áspera, adonde no se puede contratar, comprar ni vender, y así escogieron su habitación en medio del reino, que es entre Toledo y la Vera" (*Sermón de Aljubarrota*, p. 76). *Vid.* más adelante, p. 113, n. 121.

[91] *Cf.* la actitud de Cervantes frente a este proverbio, réplica probable al pasaje del *Lazarillo*: "...porque no hay mayor ni mejor bolsa que la de la caridad, cuyas liberales manos jamás están pobres; y así no estoy bien con aquel refrán que dice "más da el duro que el desnudo", como si el duro o avaro diere algo, como lo da el liberal desnudo que, en efeto, da el buen deseo cuando más no tiene" (*Coloquio de los perros*, en *Novelas Exemplares*, ed. Schevill-Bonilla, III, Madrid, 1925, p. 238).

[92] *hacíamos Sant Juan*: "cambiábamos de lugar", por la costumbre de renovar los contratos el día de San Juan: "Día de San Juan: mudar casa, amo o mozo" (Correas).

[93] En el partido de Escalona.

hacer lo mismo. Como vi que él quebraba la postura, no me contenté ir a la par con él, mas aún pasaba adelante: dos a dos, y tres a tres, y como podía, las comía. Acabado el racimo, estuvo un poco con el escobajo en la mano, y meneando la cabeza dijo:

—Lázaro, engañado me has; juraré yo a Dios que has comido las uvas tres a tres.

—No comí —dije yo—, mas ¿por qué sospecháis eso?

Respondió el sagacísimo ciego:

—¿Sabes en qué veo que las comiste tres a tres? [94] En que comía yo dos a dos y callabas. [95]

A lo cual yo no respondí. Yendo que íbamos ansí por debajo de unos soportales, en Escalona, adonde a la sazón estábamos, en casa de un zapatero había muchas sogas y otras cosas que de esparto se hacen, y parte dellas dieron a mi amo en la cabeza; el cual alzando la mano tocó en ellas, y viendo lo que era díjome:

—*Anda presto, mochacho, salgamos de entre tan mal manjar, que ahoga sin comerlo.*

Yo que bien descuidado iba de aquello, miré lo que era, y como no vi sino sogas y cinchas, que no era cosa de comer, díjele:

—*Tío, ¿por qué decís eso?*

Respondióme:

—*Calla, sobrino, según las mañas que llevas, lo sabrás, y verás cómo digo verdad.*

Y ansí pasamos adelante por el mismo portal, y llegamos a un mesón, a la puerta del cual había muchos cuernos en la pared, donde ataban los recueros sus bestias, y como iba tentando si era allí el mesón adonde él rezaba cada día por la mesonera la oración de la Emparedada, hació ['asió'] de un cuerno, y con un gran sospiro, dijo:

---

[94] De esta facecia sólo se conocen algunos ejemplos posteriores al *Lazarillo* en textos portugueses (*vid.* Bataillon, *Novedad y fecundidad...*, p. 33).

[95] La edición de Alcalá añade a continuación el pasaje que insertamos en cursiva.

—¡Oh mala cosa, peor que tienes la hechura! ¡De
cuántos eres deseado poner tu nombre sobre cabeza
ajena, y de cuán pocos tenerte, ni aun oir nombre por
ninguna vía!

Como le oí lo que decía, dije:

—Tío, ¿qué es esto que decís?

—Calla, sobrino, que algún día te dará éste que en
la mano tengo alguna mala comida y cena.

—No le comeré yo —dije—, y no me la dará.

—Yo te digo verdad; si no, verlo has, si vives.

Y ansí pasamos adelante, hasta la puerta del mesón,
adonde pluguiere a Dios nunca allá llegáramos, según
lo que me suscedía en él.

Era todo lo más que rezaba por mesoneras, y por
bodegoneras y turroneras y rameras, y ansí por semejantes mujercillas, que por hombre casi nunca le vi decir oración.

Reíme entre mí, y aunque mochacho, noté mucho la
discreta consideración del ciego.

Mas por no ser prolijo, dejo de contar muchas cosas, así graciosas como de notar, que con este mi primer amo me acaescieron, y quiero decir el despidiente
y, con él, acabar. Estábamos en Escalona, villa del duque della, [96] en un mesón, y diome un pedazo de longaniza que le asase. Ya que la longaniza había pringa-
do y comídose las pringadas, [97] sacó un maravedí de
la bolsa y mandó que fuese por él de vino a la taberna.
Púsome el demonio el aparejo delante los ojos, el cual,
como suelen decir, hace al ladrón, y fue que había cabe

[96] Don Diego López Pacheco, Marqués de Villena y conde
de Santisteban. A su muerte (1529) le sucedió en el ducado su
hijo, que murió en 1556. Manuel J. Asensio ("La intención...",
p. 79) supone que se hace aquí referencia al viejo duque, a
cuyo círculo intelectual y espiritual estaría ligado el autor del
Lazarillo (vid. Introduc., p. 11). Escalona contaba por aquellos
años con 360 vecinos y su tierra con 3.579 (ap. Manuel Fernández Álvarez, La sociedad española del Renacimiento, Salamanca, Edit. Anaya, 1970, p. 79).

[97] pringadas: "Las rebanadas [de pan] sobre que echamos la
pringue" (Cov.). Vid. p. 94, n. 36.

el fuego un nabo pequeño, larguillo y ruinoso y tal, que por no ser para la olla, debió ser echado allí.

Y como al presente nadie estuviese sino él y yo solos, como me vi con apetito goloso, [99] habiéndome puesto dentro el sabroso olor de la longaniza (del cual solamente sabía que había de gozar), no mirando qué me podría suceder, pospuesto todo el temor por cumplir con el deseo, en tanto que el ciego sacaba de la bolsa el dinero, saqué la longaniza, y, muy presto, metí el sobredicho nabo en el asador, el cual, mi amo dándome el dinero para el vino, tomó y comenzó a dar vueltas al fuego, queriendo asar al que de ser cocido, por sus deméritos, había escapado.

Yo fui por el vino, con el cual no tardé en despachar la longaniza; y cuando vine, hallé al pecador del ciego que tenía entre dos rebanadas apretado el nabo, al cual aún no había conoscido por no lo haber tentado con la mano. Como tomase las rebanadas y mordiese en ellas, pensando también llevar parte de la longaniza, hallóse en frío con el frío nabo; alteróse y dijo:

—¿Qué es esto, Lazarillo?

—¡Lacerado de mí! [100] —dije yo—. ¿Si queréis a mí echar [101] algo? ¿Yo no vengo de traer el vino? Alguno estaba ahí, y por burlar haría esto.

—No, no —dijo él—, que yo no he dejado el asador de la mano. No es posible.

Yo torné a jurar y perjurar que estaba libre de aquel trueco y cambio; mas poco me aprovechó, pues a las astucias del maldito ciego nada se le [102] escondía. Levantóse y asióme por la cabeza y llegóse a olerme. Y

98 *olla*: "la comida o guisado… compuesto de carne, tocino, garbanzos y otra cosa, que hoy se llama también el cocido" (*Aut.*).

99 Alude en este párrafo al apetito sensual de acuerdo con la distinción tomista: "Est autem et alius appetitus sensitivus, in cuis concuspicentia vitium gulae consistit" (*Summa Theologica*, 2-2, q. 148, art. 1, 3), frente al *appetitus naturalis*. En el texto, por tanto, "apetito goloso" forma una unidad de sentido.

100 *Cf.* el refrán: "Por Lázaro, laceramos" (Correas).

101 *echar*: 'achacar'.

102 El uso de *le* por *les* es frecuente en el siglo XVI (*vid.* Caso, *L. de T.*, p. 126, n. 185).

como debió sentir el huelgo, [103] a uso de buen podenco, por mejor satisfacerse de la verdad y con la gran agonía [104] que llevaba, asiéndome con las manos, abríame la boca más de su derecho y desatentadamente metía la nariz, la cual él tenía luenga y afilada, y a aquella sazón, con el enojo, se había augmentado un palmo, con el pico de la cual me llegó a la gulilla. [105]

Y con esto, y con el gran miedo que tenía, y con la brevedad del tiempo, la negra longaniza aún no había hecho asiento en el estómago, y lo más principal, con el destiento [106] de la cumplidísima nariz medio cuasi ahogándome, todas estas cosas se juntaron, y fueron causa que el hecho y golosina se manifestase y lo suyo fuese vuelto a su dueño; de manera que antes que el mal ciego sacase de mi boca su trompa, tal alteración sintió mi estómago, que le dio con el hurto en ella, de suerte que su nariz y la negra mal maxcada longaniza a un tiempo salieron de mi boca.

¡Oh gran Dios, quién estuviera aquella hora sepultado, que muerto ya lo estaba! Fue tal el coraje del perverso ciego, que, si al ruido no acudieran, pienso no me dejara con la vida. Sacáronme de entre sus manos, dejándoselas llenas de aquellos pocos cabellos que tenía, arañada la cara y rascuñado el pescuezo y la garganta. Y esto bien lo merescía, pues por su maldad [107] me venían tantas persecuciones. [108]

---

[103] *huelgo*: 'aliento'.
[104] *agonía*: 'ansiedad'.
[105] *gulilla*: 'epiglotis'.
[106] *destiento*. Es palabra sin documentar, formada, creo, sobre el *des-atentado* antes aparecido en forma adverbial, y *tiento*. Significaría, por consiguiente, 'poca moderación, descortesía'; en ese caso se provocaría un chiste con *cumplidísima nariz*, 'abundantísima' y 'muy cumplida', que *hace cumplimientos o cortesías*. Otras interpretaciones —'turbación', por derivación humorística de 'destiempo'— en F. Rico (*NPE*, p. 24, n. 84) y C. Guillén (*L. de T.*, n. 115) —'exceso, desmesura, alteración'—.
[107] *por su maldad*: se refiere a la maldad de la garganta, incitada por el 'apetito goloso' por lo cual merece ella el castigo. *Cf.* Santa Teresa (*La vida*, p. 105): "Pues ya andaba mi alma cansada, y aunque quería, no la dejaban descansar las ruines costumbres que tenía". *Vid.* también Caso (*L. de T.*, p. 78, n. 111), que interpreta: "y esto lo alcanzaba yo con

Contaba el mal ciego a todos cuantos allí se allegaban mis desastres, [109] y dábales cuenta una y otra vez, así de la del jarro como de la del racimo, y agora de lo presente. Era la risa de todos tan grande, que toda la gente que por la calle pasaba entraba a ver la fiesta; mas con tanta gracia y donaire recontaba [110] el ciego mis hazañas, que aunque yo estaba tan maltratado y llorando, me parescía que hacía sinjusticia en no se las reír.

Y en cuanto esto pasaba, a la memoria me vino una cobardía y flojedad que hice por que me maldecía, y fue no dejalle sin narices, [111] pues tan buen tiempo tuve para ello, que la meitad del camino estaba andado: que, con sólo apretar los dientes, se me quedaran en casa, y con ser de aquel malvado, por ventura lo retuviera mejor mi estómago que retuvo la longaniza, y no paresciendo ellas pudiera negar la demanda. [112] Pluguiera a Dios que lo hubiera hecho, que eso fuera así que así. [113]

---

abundancia, pues tantas persecuciones me venían por la maldad del ciego"; y M. J. Asensio ("Más sobre el *L. de T.*, *HR*, XXVIII [1960], p. 250) quien propone situar esta frase a continuación de "Pluguiera a Dios que lo hubiera hecho, que eso fuera así que así", y se trataría, por tanto, de un error del impresor ("es otra ilustración de cuán desafortunado fue el autor del *Lazarillo* con su primer impresor").

108 *persecuciones*: "Se toma también por los trabajos y fatigas y molestias del cuerpo y alma" (*Aut.*).

109 *mis desastres*: 'mis desgracias', y no 'los desastres que yo le hacía al ciego ' como hoy se entendería. Lázaro atribuye sus desgracias a los astros (*vid.* p. 92, n. 21), actitud que concuerda con lo expuesto por el protagonista en el prólogo.

110 No creo que posea aquí el significado reiterativo, sino el de 'contar, referir' —'algunas veces [*recontar*] se toma absolutamente por referir" (*Aut.*)—. *Cf.* Alvar Gómez (*Theológica Descripción*, Toledo, 1541, prólogo): "determiné enderezar estos doce cantares en que brevemente *se recuentan* los misterios de nuestra religión cristiana".

111 Este pasaje deriva, seguramente, de Apuleyo (*vid.* J. Molino, "*L. de T.* et *Les Métamorphoses*", *BHi*, LXVII [1965], p. 327).

112 *denegar la demanda*: "Es decir, de no aparecer el cuerpo del delito, no hubiera sido viable la demanda criminal" (F. Márquez Villanueva, "Sebastián de Horozco...", p. 270).

113 *así que así*. Expresión mal documentada. De todas las interpretaciones —'forzoso', 'menos malo', 'cosa pasadera', 'mediana', 'no habría sido una mala idea', que dan respectivamente

Hiciéronnos amigos la mesonera y los que allí estaban, y con el vino que para beber le había traído laváronme la cara y la garganta. Sobre lo cual discantaba [114] el mal ciego donaires, diciendo:

—Por verdad, más vino me gasta este mozo en lavatorios al cabo del año que yo bebo en dos. A lo menos, Lázaro, eres en más cargo al vino que a tu padre, porque él una vez te engendró, mas el vino mil te ha dado la vida.

Y luego contaba cuántas veces me había descalabrado y arpado [115] la cara, y con vino luego sanaba.

—Yo te digo —dijo— que si un hombre en el mundo ha de ser bienaventurado con vino, que serás tú.

Y reían mucho, los que me lavaban, con esto, aunque yo renegaba. Mas el pronóstico del ciego no salió mentiroso, y después acá muchas veces me acuerdo de aquel hombre, que sin duda debía tener espíritu de profecía, y me pesa de los sinsabores que le hice, aunque bien se lo pagué, considerando lo que aquel día me dijo salirme tan verdadero como adelante Vuestra Merced oirá.

Visto esto y las malas burlas que el ciego burlaba de mí, determiné de todo en todo dejalle, y como lo traía pensado y lo tenía en voluntad, con este postrer juego que me hizo, afirmélo más. Y fue ansí, que luego otro día salimos por la villa a pedir limosna y había llovido mucho la noche antes; y porque el día también

---

Autoridades, Bonilla, Cejador y Jones—, me inclino por la bien razonada de F. Rico (*NPE*, p. 25, n. 88). "lo mismo me hubiera dado de un modo que del otro, las consecuencias hubieran sido las mismas para mí habiéndole mordido o no habiéndolo hecho". La presunción de Rico puede apoyarse con el siguiente pasaje de Villalobos (*Algunas obras*, p. 111): "porque las palabras de los carteles y las razones y justificaciones de las partes *que sean así o que sean así*, querría más un maravedí".

[114] *discantaba*. Podría entenderse por 'comentar, glosar', pero creo que aquí se alude al término musical que consiste "en echar el contrapunto sobre algún paso" (*Aut.*), y en latín "dulces et iucundos concentus addere" ('añadir una armonía dulce y alegre'). Es decir, 'daba el contrapunto jocoso al punto triste del desastre de Lázaro'.

[115] *arpado*: 'rasgado, arañado'.

llovía, y andaba rezando debajo de unos portales que
en aquel pueblo había, donde no nos mojamos; [116] mas
como la noche se venía, y el llover no cesaba, díjome
el ciego:

—Lázaro, esta agua es muy porfiada, y cuanto la noche más cierra, más recia; acojámonos a la posada con
tiempo.

Para ir allá, habíamos de pasar un arroyo que con
la mucha agua iba grande. Yo le dije:

—Tío, el arroyo va muy ancho; mas si queréis, yo
veo por donde travesemos más aína [117] sin nos mojar,
porque se estrecha allí mucho, y saltando pasaremos a
pie enjuto.

Parescióle buen consejo, y dijo:

—Discreto eres, por esto te quiero bien. Llévame a
ese lugar donde el arroyo se ensangosta, que agora es
invierno y sabe mal el agua, y más llevar los pies mojados.

Yo, que vi el aparejo a mi deseo, saquéle de bajo de
los portales, y lleveéle derecho a un pilar o poste de piedra que en la plaza estaba, sobre el cual y sobre otros
cargaban saledizos de aquellas casas, y dígole:

—Tío, éste es el paso más angosto que en el arroyo
hay.

Como llovía recio y el triste se mojaba, y con la
priesa que llevábamos de salir del agua, que encima de
nos caía, y lo más principal, porque Dios le cegó aquella hora el entendimiento [118] (fue por darme dél venganza), creyóse de mí y dijo:

—Ponme bien derecho y salta tú el arroyo.

---

116 *mojamos*: mojábamos. Es forma frecuente hasta el siglo XVIII.

117 *aina*: pronto.

118 *Cf.* Don Francesillo de Zúñiga (*Epístolas*, p. 13b): "y
como los que se han de perder la primera cosa que Dios les
hace es cegarles los entendimientos". La misma relación Dios-
protagonista en Martín de Ayala (*La vida*, p. 233b): "y éste
fue [la venganza de un Cardenal] uno de los riesgos grandes de
que me libró Dios por su misericordia, en favor de la verdad,
y así muerto este Cardenal [por la misericordia de Dios]".

Yo le puse bien derecho enfrente del pilar, y doy un salto y póngome detrás del poste como quien espera tope de toro y díjele:

—¡Sús! Saltá todo lo' que podáis, porque deis deste cabo del agua.

Aun apenas lo había acabado de decir, cuando se abalanza el pobre ciego como cabrón, y de toda su fuerza arremete, tomando un paso atrás de la corrida para hacer mayor salto, y da con la cabeza en el poste, que sonó tan recio como si diera con una gran calabaza, y cayó luego para atrás, medio muerto y hendida la cabeza.

—¿Cómo, y olistes la longaniza y no el poste? ¡Olé! ¡Olé! [119] —le dije yo.

Y déjole en poder de mucha gente que lo había ido a socorrer, y tomo la puerta de la villa en los pies de un trote, y antes que la noche viniese di comigo en Torrijos. No supe más lo que Dios dél hizo, ni curé de lo saber.

---

[119] *Olé*: oled. Para las relaciones de esta anécdota con otros textos europeos y españoles *vid.* Bataillon (*Novedad y fecundidad*, p. 30, n. 20), y F. Rico (*NPE*, pp. XXVII-XXIX). En las versiones españolas el objeto robado es el *tocino*, y el golpe, en una *esquina*. El autor del *Lazarillo* pudo conocer otra tradición con *longaniza*, pero es muy probable que la primera parte del episodio sea recreación suya, fusionando distintos motivos (cambio de comida y vómito). La aparición de la *longaniza* viene provocada por la elección del nabo como elemento sustitutivo. Recuérdese que ya en el episodio inicial del fardel, Lázaro roba a su amo "buenos pedazos, torreznos y *longaniza*", que quizá anticipa el desenlace de la historia con el primer amo.

CÓMO LÁZARO SE ASENTÓ CON UN CLÉRIGO Y DE LAS COSAS QUE CON ÉL PASÓ

O T R O día, [120] no pareciéndome estar allí seguro, fuime a un lugar que llaman Maqueda, [121] adonde me toparon mis pecados con un clérigo, que llegando a pedir limosna, me preguntó si sabía ayudar a misa. Yo dije que sí, como era verdad, que aunque maltratado, mil cosas buenas me mostró el pecador del ciego, y una dellas fue ésta. Finalmente el clérigo me rescibió por suyo. [122]

Escapé del trueno y di en el relámpago, [123] porque era el ciego para con éste un Alejandre Magno, [124] con ser la mesma avaricia, como he contado. No digo más

120 *Otro día*: al día siguiente.

121 *Maqueda*: entre Torrijos y Escalona, y como éste, lugar poblado por judíos: "Entre otros nombres que dicen haber trasladado los judíos a nuestra España, y particularmente al reino de Toledo, como son Escalona, Yepes, Aceca, etc., dieron nombre a Maqueda, pueblo cerca de Toledo y villa principal, título del ducado de Maqueda. Dicen responder al nombre de Maceda o Maqueda, o Magda o Magdón, pueblo del cual se hace mención en la Biblia [Josué, 10, 10]" (*Cov.*).

122 Fórmula para indicar que una persona entraba al servicio de otra. Aquí, probablemente, posee el doble valor de fórmula, vacía de significación, y el sentido literal, "caí en su poder". Así lo debió de sentir Quevedo: "a poder de éste, pues, vine [del dómine Cabra] y en su poder estuve" (*La vida del Buscón*, ed. Fernando Lázaro, Salamanca, 1965, p. 35).

123 Proverbio: "Huí del trueno, topé con el relámpago" (Núñez). *Cf.*: "Es también un motivo medieval: *Libro de los Exemplos*, ed. Keller, Madrid, 1961, p. 380: "De temer es cuando es malo el señor, que después haberá otro peor" (C. Guillén, *L. de T.*, n. 133).

124 "Al que loamos de liberal y dadivoso decimos que es un Alejandro [Magno]" (*Cov.*).

sino que toda la lacería del mundo estaba encerrada
en éste (no sé si de su cosecha era o lo había anexado
con el hábito de clerecía).

Él tenía un arcaz viejo y cerrado con su llave, la
cual traía atada con una agujeta del paletoque, [125] y en
viniendo el bodigo [126] de la iglesia, por su mano era
luego allí lanzado, y tornada a cerrar el arca; y en
toda la casa no había ninguna cosa de comer, como
suele estar en otras: algún tocino colgado al humero,
algún queso puesto en alguna tabla o en el armario, algún canastillo con algunos pedazos de pan que de la
mesa sobran, que me paresce a mí que aunque dello no
me aprovechara, con la vista dello me consolara.

Solamente había una horca de cebollas, y tras la llave,
en una cámara en lo alto de la casa. Déstas tenía yo
de ración una para cada cuatro días, y cuando le pedía la llave para ir por ella, si alguno estaba presente,
echaba mano al falsopecto, [127] y, con gran continencia,
la desataba y me la daba, diciendo:

—Toma, y vuélvela luego, y no hagáis sino golosinar.

Como si debajo della estuvieran todas las conservas [128]
de Valencia, con no haber en la dicha cámara, como
dije, maldita la otra cosa que las cebollas colgadas de
un clavo, las cuales él tenía tan bien por cuenta, que
si por malos de mis pecados me desmandara a más de
mi tasa, me costara caro. Finalmente, yo me finaba
de hambre.

---

[125] *agujeta*: "La cinta que tiene dos cabos de metal, que
como aguja entra por los agujeros" (*Cov.*).
paletoque: "un género de capotillo de dos haldas, como es-
capulario, largo hasta las rodillas y sin mangas" (*Aut.*).
[126] *bodigo*: "Pan regalado ['preparado con leche'] y en forma pequeña; déstos suelen llevar las mujeres [a la iglesia] por
ofrenda" (*Cov.*).
[127] *falsopecto*: "El bolsillo que se incorpora en el contra-
forro del sayo, que cae sobre el pecho, adonde parece estar
seguro el dinero más que en la faltriquera ['bolsillo'] ni otra
parte, pues no se la pueden hurtar sin que lo sienta, teniéndolo
delante los ojos" (*Cov.*).
[128] *conservas*: 'frutas en dulce'. Las de Valencia eran muy
famosas.

Pues ya que comigo tenía poca caridad, consigo usaba más. Cinco blancas de carne era su ordinario [129] para comer y cenar. Verdad es que partía comigo del caldo. Que de la carne, ¡tan blanco el ojo!, [130] sino un poco de pan, y ¡pluguiera a Dios que me demediara! [131]

Los sábados cómense en esta tierra cabezas de carnero, [132] y enviábame por una que costaba tres maravedís. Aquélla le cocía y comía los ojos, y la lengua, y el cogote y sesos, y la carne que en las quijadas tenía, y dábame todos los huesos roídos, y dábamelos en el plato, diciendo:

—Toma, come, triunfa, que para ti es el mundo: ¡mejor vida tienes que el Papa! [133]

"¡Tal te la dé Dios!", decía yo paso [134] entre mí.

A cabo de tres semanas que estuve con él, vine a tanta flaqueza, que no me podía tener en las piernas de pura hambre. Vime claramente ir a la sepultura, si Dios y mi saber no me remediaran. Para usar de mis mañas no tenía aparejo, por no tener en qué dalle salto, y aunque algo hubiera, no podía cegalle, como hacía al que Dios perdone (si de aquella calabazada feneció), que todavía, aunque astuto, con faltalle aquel preciado sentido, no me sentía, [135] mas estotro, ninguno hay que tan aguda vista tuviese como él tenía.

Cuando al ofertorio estábamos, ninguna blanca en la concha caía que no era dél registrada: el un ojo tenía

---

129 *ordinario*: "el gasto que uno tiene para su casa cada día" (*Cov.*).

130 *¡tan blanco el ojo!*: '¡Nada!'. *Cf. Lozana Andaluza* (p. 148): "¿Qué queréis? ¿Por dinero venís? ¡Pues tan blanco el ojo! ¡Caminá!".

131 *me demediara*: el sujeto es *yo. Vid.* p. 98, n. 57.

132 *Cf.* Hurtado de Toledo (*Relación de Toledo*, p. 545): "Los sábados se comen en este pueblo se comen cabezas y manos y los intestinos y menudos de los animales a causa destar tan lejos de la marítima y ser antigua costumbre".

133 *Cf. Lozana Andaluza* (pp. 145 y 181): "¡Sús!, comamos y triunfemos, que esto nos ganaremos!"; "Hermano, como a mis espensas y sábeme bien, y no tengo envidia del Papa, y gánolo y esténtolo, y quiéromelo gozar y triunfar!".

134 *paso*: en voz baja.

135 *Cf.* Villalobos (*Algunas obras*, p. 50): "Desta nueva ninguna pena sentí, porque ningún sentido me quedó con ellas".

en la gente y el otro en mis manos. Bailábanle los ojos en el caxco [136] como si fueran de azogue. Cuantas blancas ofrecían tenía por cuenta, y acabado el ofrecer, luego me quitaba la concha y la ponía sobre el altar.

No era yo señor de asirle una blanca todo el tiempo que con él veví, o, por mejor decir, morí. De la taberna nunca le traje una blanca de vino, mas aquel poco que de la ofrenda había metido en su arcaz, compasaba de tal forma, que le turaba toda la semana. Y por ocultar su gran mezquindad, decíame:

—Mira, mozo, los sacerdotes han de ser muy templados en su comer y beber, y por esto yo no me desmando como otros.

Mas el lacerado mentía falsamente, porque en cofradías y mortuorios [137] que rezamos, [138] a costa ajena comía como lobo, y bebía más que un saludador. [139]

Y porque dije de mortuorios, Dios me perdone que jamás fui enemigo de la naturaleza humana, sino entonces; y esto era porque comíamos bien y me hartaban. [140] Deseaba y aún rogaba a Dios que cada día matase el suyo. Y cuando dábamos sacramento a los enfermos, especialmente la Extremaunción, como manda el clérigo rezar a los que están allí, yo cierto no era el postrero de la oración, y con todo mi corazón y buena voluntad rogaba al Señor, no que le echase a la parte que más servido fuese, como se suele decir, mas que le llevase deste mundo. Y cuando alguno de éstos

---

[136] caxco: 'casco', 'cabeza'.

[137] mortuorios. Cf.: "En algunas partes llaman caridad cierta refección que se da de pan, vino y queso en los entierros y honras de difuntos" (Cov., s.v.: caridad).

[138] rezamos: rezábamos.

[139] saludador: hombre cuya saliva tenía propiedades curativas contra la rabia, "y así los saludadores dan unos bocaditos de pan al ganado cortados por su boca y mojados en su saliva" (Cov.).

[140] Cf. Sermón de Aljubarrota (p. 67): "Y el Olio y Extrema siempre lo toman con tiempo, porque el enfermo lo sepa y pueda responder, por lo cual escapan muchos de los oleados. Y ansí acaeció que un clérigo, aunque oleaba a sus feligreses, ninguno se le moría, por lo cual el triste moría de hambre, que no tenía misa qué decir".

escapaba (Dios me lo perdone), que mil veces le daba
al diablo, y el que se moría, otras tantas bendiciones
llevaba de mí dichas. Porque en todo el tiempo que allí
estuve, que sería cuasi seis meses, solas veinte personas
fallescieron, y éstas bien creo que las maté yo, o, por
mejor decir, murieron a mi recuesta. [141] Porque viendo
el Señor mi rabiosa [142] y continua muerte, pienso que
holgaba de matarlos por darme a mí vida. Mas de lo
que al presente padecía remedio no hallaba; que si el
día que enterrábamos yo vivía, los días que no había
muerto, por quedar bien vezado de la hartura, tornando a mi cuotidiana hambre, más lo sentía. De manera que en nada hallaba descanso, salvo en la muerte,
que yo también para mí como para los otros, deseaba
algunas veces; mas no la vía, aunque estaba siempre
en mí.

Pensé muchas veces irme de aquel mezquino amo,
mas por dos cosas lo dejaba: la primera, por no me
atrever a mis piernas, por temer de la flaqueza, que
de pura hambre me venía; y la otra, consideraba y
decía: "Yo he tenido dos amos: el primero traíame
muerto de hambre, y dejándole, topé con estotro, que
me tiene ya con ella en la sepultura; pues si deste de-
sisto y doy en otro más bajo, ¿qué será sino fenescer?"

Con esto no me osaba menear, porque tenía por fe
que todos los grados [143] había de hallar más ruines. Y
a abajar otro punto, no sonara Lázaro ni se oyera en
el mundo.

Pues estando en tal aflición (cual plega al Señor librar
della a todo fiel cristiano), y sin saber darme consejo,
viéndome ir de mal en peor, un día quel cuitado, ruin

---

141 *recuesta*: petición. *Cf.* Azpilcueta (*Manual de Confeso-*
res, 15, 10, p. 153): "aunque deleitarse del bien o provecho que
se le seguiría de aquella muerte, y no de la mesma muerte, no
sería pecado".

142 *Cf.* Villalobos (*Algunas obras*, p. 137): "y venguéme de
una hija que me mataron de hambre, que es el género de muerte
la más rabiosa de todas"; *ibid.* (*Problemas*, p. 426a): "y así
como la hambre cuando es crecida es tan grandísima rabia".

143 *grados*: es también el término musical, por eso a continuación se provoca el fácil chiste con punto o nota musical.

y lacerado de mi amo había ido fuera del lugar, llegóse
acaso a mi puerta un calderero, el cual yo creo que fue
ángel [144] enviado a mí por la mano de Dios en aquel
hábito. Preguntóme si tenía algo que adobar. [145] "En
mí teníades bien que hacer, y no haríades poco si me
remediásedes", dije paso, que no me oyó.

Mas como no era tiempo de gastarlo en decir gracias, alumbrado por el Espíritu Sancto, [146] le dije:

—Tío, una llave de este arca he perdido, y temo mi
señor me azote. Por vuestra vida, veáis si en ésas que
traéis hay alguna que le haga, que yo os lo pagaré.

Comenzó a probar el angélico calderero una y otra
de un gran sartal que dellas traía, y yo [a] ayudalle
con mis flacas oraciones. Cuando no me cato, [147] veo
en figura [148] de panes, como dicen, la cara de Dios [149]
dentro del arcaz, y abierto, díjele:

—Yo no tengo dineros que os dar por la llave, mas
tomad de ahí el pago.

Él tomó un bodigo de aquéllos, el que mejor le pareció, y dándome mi llave, se fue muy contento, dejándome más a mí.

Mas no toqué en nada por el presente, porque no
fuese la falta sentida, y aun porque me vi de tanto
bien señor parescióme que la hambre no se me osaba

---

[144] Cf. Feliciano de Silva (Segunda Celestina, p. 380): "¿Es
algún mensajero del cielo el que abre la ventana, o el mismo
Dios que torna a redimir a Felides de tanta pena [amorosa]?";
ibid. (p. 107): "Por cierto, señor, por eso pienso que te envía
el Dios de amor su ángel Celestina para que remedie tu pena,
como remedio la del mártir Calisto". Para la figura del calderero como 'helper', vid. F. Lázaro ("Construcción...", p. 127).

[145] adobar: arreglar.

[146] Cf.: "Y como al capitán se lo dijeron, alumbróle el Espíritu Santo y dijo..." (Relaciones de los reinados de Carlos V
y Felipe II, SBE, Madrid, 1949, I, p. 138).

[147] no me cato: 'de improviso'. Cf. Feliciano de Silva (Segunda Celestina, p. 281): "que no parescía sino unas santas
viejas mal envernizadas, y, cuando no me cato, vila con su mo-
tila de fuera y los cabellos rubios y sin tocas".

[148] figura: en el sentido bíblico de 'prefiguración, símbolo'.

[149] cara de Dios: "así llaman al pan caído en el suelo, alzán-
dolo" (Correas). Para el posible origen de la frase vid. J. Ter-
lingen, "Cara de Dios", HDA, III (1963), pp. 463-478.

allegar. Vino el mísero de mi amo, y quiso Dios no miró en la oblada quel ángel había llevado.

Y otro día, en saliendo de casa, abro mi paraíso panal, [150] y tomo entre las manos y dientes un bodigo, y en dos credos le hice invisible, no se me olvidando el arca abierta; y comienzo a barrer la casa con mucha alegría, paresciéndome con aquel remedio remediar dende en adelante la triste vida. Y así estuve con ello aquel día y otro gozoso. Mas no estaba en mi dicha que me durase mucho aquel descanso, porque luego, al tercero día, me vino la terciana derecha. [151]

Y fue que veo a deshora al que me mataba de hambre sobre nuestro arcaz, volviendo y revolviendo, contando y tornando a contar los panes. Yo disimulaba, y en mi secreta oración y devociones y plegarias, decía: "¡Sant Juan y ciégale!". [152]

Después que estuvo un gran rato echando la cuenta, por días y dedos contando, dijo:

—Si no tuviera a tan buen recado esta arca, yo dijera que me habían tomado della panes; pero de hoy más, sólo por cerrar la puerta a la sospecha, quiero tener buena cuenta con ellos: nueve quedan y un pedazo.

"¡Nuevas malas te dé Dios!", dije yo entre mí.

Parecióme con lo que dijo pasarme el corazón con saeta de montero, y comenzóme el estómago a escarbar de hambre, viéndose puesto en la dieta pasada. Fue fuera de casa. Yo, por consolarme, abro el arca y, como vi el pan, comencélo de adorar, [153] no osando rescebillo.

---

150 Para la posible —y discutible— simbología religiosa de este pasaje, vid. A. C. Piper ("The Breadly Paradise of *Lazarillo de Tormes*", *Hispania*, XLIV [1961], pp. 269 y ss.) y J. Weiner ("El ciego y las dos hambres").

151 *terciana*: fiebres que aparecían de tres en tres días. Las tercianas se curaban, además, con un riguroso régimen alimenticio.

152 Por San Juan, el patrono de los criados.

153 *Cf.* Fr. Manuel Rodríguez (*Suma de casos de conciencia*, Salamanca, 1603, I, p. 203): "Notan los confesores que tratando gentes limpias de pecado y temerosas de Dios y de llegar a este divino sacramento, por el cual temor humillándose, no comulgan, los amonestan que comulguen, porque aunque este temor

Contélos, si a dicha el lacerado se errara, y hallé su cuenta más verdadera que yo quisiera. Lo más que yo pude hacer fue dar en ellos mil besos, y, lo más delicado que yo pude, del partido partí un poco al pelo que él estaba, y con aquél pasé aquel día, no tan alegre como el pasado.

Mas como la hambre creciese, mayormente que tenía el estómago hecho a más pan aquellos dos o tres días ya dichos, moría mala muerte; tanto, que otra cosa no hacía en viéndome solo sino abrir y cerrar el arca y contemplar en aquella cara de Dios, que ansí dicen los niños. Mas el mesmo Dios, que socorre a los afligidos, viéndome en tal estrecho, [154] trujo a mi memoria un pequeño remedio: que, considerando entre mí, dije: "Este arquetón es viejo y grande y roto por algunas partes, aunque pequeños agujeros. Puédese pensar que ratones, entrando en él, hacen daño a este pan. Sacarlo entero no es cosa conveniente, porque verá la falta el que en tanta me hace vivir. Esto bien se sufre."

Y comienzo a desmigajar el pan sobre unos no muy costosos manteles que allí estaban, y tomo uno y dejo otro, de manera que en cada cual de tres o cuatro desmigajé su poco. Después, como quien toma gragea, [155] lo comí, y algo me consolé. Mas él, como viniese a comer y abriese el arca, vio el mal pesar, y sin dubda creyó ser ratones los que el daño habían hecho, porque estaba muy al propio contrahecho [156] de como ellos

reverencial es muy acepto delante de Dios, más acepto es comulgar". Más evidente y violento que en el *Lazarillo*, en Feliciano de Silva (*Segunda Celestina*, p. 382): "Déjame, señora, adorar a mi Dios antes que lo reciba".

[154] *Cf.* Don Martín de Ayala (*La vida,* p. 214b): "que me pusieron en harto estrecho, si la misericordia de Dios, grande, con un poco de oración y de meditación, juntamente con la aspereza de la penitencia, no me defendiera"; y Santa Teresa (*La vida,* p. 77): "hubiérame cierto llevado al infierno, si con tantos remedios y medios el Señor con muy particulares mercedes suyas, no me hubiera sacado deste peligro".

[155] *gragea*: "una especie de confitura muy menuda y por ser de granitos pequeños se dijo así" (*Cov.*).

[156] *contrahecho*: imitado.

lo suelen hacer. Miró todo el arcaz de un cabo a otro y viole ciertos agujeros, por do sospechaba habían entrado. Llamóme diciendo:

—¡Lázaro! ¡Mira, mira qué persecución ha venido aquesta noche por nuestro pan!

Yo híceme muy maravillado, preguntándole qué sería.

—¡Qué ha de ser! —dijo él—. Ratones, que no dejan cosa a vida.

Pusímonos a comer, y quiso Dios que aun en esto me fue bien, que me cupo más pan que la laceria que me solía dar, porque rayó con un cuchillo todo lo que pensó ser ratonado, diciendo:

—Cómete eso, que el ratón cosa limpia es. [157]

Y así, aquel día, añadiendo la ración del trabajo de mis manos (o de mis uñas, por mejor decir), acabamos de comer, aunque yo nunca empezaba.

Y luego me vino otro sobresalto, que fue verle andar solícito quitando clavos de las paredes y buscando tablillas, con las cuales clavó y cerró todos los agujeros de la vieja arca.

"¡Oh Señor mío!", dije yo entonces. "¡A cuánta miseria y fortuna y desastres estamos puestos los nascidos y cuán poco turan los placeres de esta nuestra trabajosa vida! Heme aquí que pensaba con este pobre y triste remedio remediar y pasar mi laceria, y estaba ya cuanto [158] que alegre y de buena ventura. Mas no quiso mi desdicha, despertando a este lacerado de mi amo y poniéndole más diligencia de la que él de suyo se tenía (pues los míseros por la mayor parte nunca de aquélla carecen), agora, cerrando los agujeros del arca, cerrase la puerta a mi consuelo y la abriese a mis trabajos."

Así lamentaba yo, en tanto que mi solícito carpintero, con muchos clavos y tablillas, dio fin a sus obras, diciendo:

---

157 *Cf.* Covarrubias (*s.v.*: *ratón*): "animal sucio que *suele engendrarse de la corrupción,* aunque también se multiplica por generación".

158 *ya cuanto que*: algo.

—Agora, donos [159] traidores ratones, conviéneos mudar propósito, que en esta casa mala ~~medra~~ tenéis.

' De que salió de su casa, voy a ver la obra, y hallé que no dejó en la triste y vieja arca agujero ni aun por donde le pudiese entrar un moxquito. Abro con mi desaprovechada llave, sin esperanza de sacar provecho, y vi los dos o tres panes comenzados, los que mi amo creyó ser ratonados, y dellos todavía saqué alguna lacería, tocándolos muy ligeramente, a uso de esgremidor diestro. [160] Como la necesidad sea tan gran maestra, [161] viéndome con tanta siempre noche y día estaba pensando la manera que ternía en substentar el vivir. Y pienso, para hallar estos negros remedios, que me era luz la hambre, pues dicen que el ingenio con ella se avisa y al contrario con la hartura, y así era por cierto en mí.

Pues estando una noche desvelado en este pensamiento, pensando cómo me podría valer y aprovecharme del arcaz, sentí que mi amo dormía, porque lo mostraba con roncar y en unos resoplidos grandes que daba cuando estaba durmiendo. Levantéme muy quedito, y habiendo en el día pensado lo que había de hacer y dejado un cuchillo viejo que por allí andaba en parte do le hallase, voime al triste arcaz, y, por do había mirado tener menos defensa, le acometí con el cuchillo, que a manera de barreno dél usé. Y como la antiquísima arca, por ser de tantos años, la hallase sin fuerza y corazón, antes muy blanda y carcomida, luego se me rindió, y consintió en su costado, por mi remedio, un buen agu-

---

[159] *donos*: plural cómico de la fórmula de tratamiento *don*. Cf. Feliciano de Silva (*Segunda Celestina*, p. 480): "¡Voto a la santa letanía, si salir me dejasen, más espaldarazos os diese, *doños* panfarrones...".

[160] Es decir, como los esgrimidores que señalan sin herir.

[161] En Platón ("Necessitas facit industriam paradi victus") y Tito Livio ("Fames multorum est magistra") (*ap*. Andrea Eborense, *Sententia et exempla*, Venecia, 1585, I, p. 206). Más ejemplos en los *Adagia* de Erasmo (vid. F. Rico, *NPE*, p. 36, n. 49). Cf. Don Juan de Arguijo (*Dichos*, p. 263): "Los pobres tienen cuatro potencias del alma, una más que los ricos, que es la necesidad, que es ingeniosa".

jero. Esto hecho, abro muy paso la llagada arca y, al tiento, del pan que hallé partido, hice según de yuso [162] está escripto. Y con aquello algún tanto consolado, tornando a cerrar, me volví a mis pajas, en las cuales reposé y dormí un poco. Lo cual yo hacía mal y echábalo al no comer. Y ansí sería, porque, cierto, en aquel tiempo no me debían de quitar el sueño los cuidados de el rey de Francia. [163]

Otro día fue por el señor mi amo visto el daño, así del pan como del agujero que yo había hecho, y comenzó a dar a los diablos los ratones y decir:

—¿Qué diremos a esto? ¡Nunca haber sentido ratones en esta casa sino agora!

Y sin dubda debía de decir verdad. Porque si casa había de haber en el reino justamente de ellos privilegiada, [164] aquélla, de razón, había de ser, porque no suelen morar donde no hay qué comer. Torna a buscar clavos por la casa y por las paredes, y tablillas a atapárselos. Venida la noche y su reposo, luego era yo puesto en pie con mi aparejo, y cuantos él tapaba de día destapaba yo de noche.

En tal manera fue y tal priesa nos dimos, que sin dubda por esto se debió decir: "Donde una puerta se cierra, otra se abre". Finalmente, parescíamos tener a destajo la tela de Penélope, pues cuanto él tejía de día rompía yo de noche, [165] ca en pocos días y noches pusimos la pobre despensa de tal forma, que quien quisiera propiamente della hablar, más corazas viejas de otro tiempo que no arcaz la llamara, según la clavazón y tachuelas sobre sí tenía.

De que vio no le aprovechar nada su remedio, dijo:

---

162 *de yuso*: 'abajo'. Habitualmente la fórmula es *de suso*, por lo que J. Caso (p. 93, n. 63) señala que este uso particular puede tener relación con la génesis de la obra.
163 *Cf.* Introduc., p. 9.
164 *privilegiada*: 'exenta de pagar tributo'.
165 *Cf.* Fernández de Oviedo (*Quinquagenas*, p. 245): "que llega la hora del comer o del cenar sin hacer nada, e remite la labor para otro día, e, sin atender a Ulixes, trae en pláticas una tela más infinita que la de Penélope".

—Este arcaz está tan mal tratado, y es de madera
tan vieja y flaca, que no habrá ratón a quien se de-
fienda. Y va ya tal, que si andamos más con él nos
dejará sin guarda. Y aun lo peor que, aunque hace
poca, todavía hará falta faltando y me pondrá en costa
de tres o cuatro reales. El mejor remedio que hallo,
pues el de hasta aquí no aprovecha: armaré por de
dentro [166] a estos ratones malditos.

Luego buscó prestada una ratonera, y con cortezas
de queso que a los vecinos pedía, contino el gato [167]
estaba armado dentro del arca. Lo cual era para mí
singular auxilio. Porque, puesto caso que yo no había
menester muchas salsas para comer, todavía me holgaba
con las cortezas del queso que de la ratonera sacaba,
y, sin esto, no perdonaba el ratonar del bodigo.

Como hallase el pan ratonado y el queso comido y
no cayese el ratón que lo comía, dábase al diablo, preguntaba a los vecinos qué podría ser comer el queso
y sacarlo de la ratonera y no caer ni quedar dentro el
ratón y hallar caída la trampilla del gato. Acordaron
los vecinos no ser el ratón el que este daño hacía, porque no fuera menos de haber caído alguna vez. Díjole
un vecino:

—En vuestra casa yo me acuerdo que solía andar
una culebra, y ésta debe de ser sin dubda. Y lleva razón, que, como es larga, tiene lugar de tomar el cebo,
y aunque la coja la trampilla encima, como no entre
toda dentro, tórnase a salir.

Cuadró a todos lo que aquél dijo y alteró mucho
a mi amo, y dende en adelante no dormía tan a sueño
suelto, que cualquier gusano de la madera que de noche
sonase pensaba ser la culebra que le roía el arca. Luego
era puesto en pie, y con un garrote que a la cabecera,
desde que aquello le dijeron, ponía, daba en la pecadora
del arca grandes garrotazos, pensando espantar la culebra. A los vecinos despertaba con el estruendo que

---

[166] *armaré por dentro*: prepararé dentro un cepo.
[167] *gato*: cepo.

hacía y a mí no dejaba dormir. Íbase a mis pajas y trastornábalas, y a mí con ellas, pensando que se iba para mí y se envolvía en mis pajas o en mi sayo, porque le decían que de noche acaescía a estos animales, buscando calor, irse a las cunas donde están criaturas y aun mordellas y hacerles peligrar. [168]

Yo las más veces hacía del dormido, y en la mañana decíame él:

—¿Esta noche, mozo, no sentiste nada? Pues tras la culebra anduve, y aun pienso se ha de ir para ti a la cama, que son muy frías y buscan calor.

—Plega a Dios que no me muerda —decía yo—, que harto miedo le tengo.

Desta manera andaba tan elevado y levantado del sueño, que, mi fe, [169] la culebra (o culebro, por mejor decir), no osaba roer de noche ni levantarse al arca; mas de día, mientra estaba en la iglesia o por el lugar, hacía mis saltos. Los cuales daños viendo él, y el poco remedio que les podía poner, andaba de noche, como digo, hecho trasgo. [170]

Yo hube miedo que con aquellas diligencias no me topase con la llave, que debajo de las pajas tenía, y parescióme lo más seguro metella de noche en la boca. Porque ya, desde que viví con el ciego, la tenía tan hecha bolsa, que me acaesció tener en ella doce o quince maravedís, todo en medias blancas, sin que me estorbasen el comer, porque de otra manera no era señor de una blanca, que el maldito ciego no cayese con ella, no dejando costura ni remiendo que no me buscaba muy a menudo.

---

[168] Es creencia popular bien documentada en el folklore. *Vid.* M. R. Lida, "Función del cuento...", p. 355.

[169] *mi fe*: 'a fe mía'.

[170] *trasgo*: 'duende' "que dicen que suele revolver las cosas y cachivaches de casa, particularmente vasares y espeteras" (*Cov.*). *Cf.* Villalobos (*Problemas*, p. 428a): "y ándanlo [los avariciosos] mudando de cofre en cofre y de pared en pared, y cada gato que atraviesa de noche y cada ratón que está royendo, piensan que son ladrones que descerrajan las puertas y las arcas".

Pues ansí como digo, metía cada noche la llave en la boca y dormía sin recelo que el brujo de mi amo cayese con ella; mas cuando la desdicha ha de venir, por demás es diligencia. Quisieron mis hados [171] (o, por mejor decir, mis pecados) que una noche que estaba durmiendo, la llave se me puso en la boca, que abierta debía tener, de tal manera y postura, que el aire y resóplo que yo durmiendo echaba salía por lo hueco de la llave, que de cañuto era, y silbaba, según mi desastre quiso, muy recio, de tal manera, que el sobresaltado de mi amo lo oyó, y creyó sin duda ser el silbo de la culebra, y cierto lo debía parescer.

Levantóse muy paso con su garrote en la mano, y al tiento y sonido de la culebra se llegó a mí con mucha quietud por no ser sentido de la culebra. Y como cerca se vio, pensó que allí, en las pajas do yo estaba echado, al calor mío se había venido. Levantando bien el palo, pensando tenerla debajo y darle tal garrotazo que la matase, con toda su fuerza me descargó en la cabeza un tan gran golpe, que sin ningún sentido y muy mal descalabrado me dejó. Como sintió que me había dado, según yo debía hacer gran sentimiento con el fiero golpe, contaba él que se había llegado a mí y, dándome grandes voces llamándome, procuró recordarme. [172] Mas, como me tocase con las manos, tentó la mucha sangre que se me iba, y conosció el daño que me había hecho. Y con mucha priesa fue a buscar lumbre, y llegando con ella, hallóme quejando, todavía con mi llave en la boca, que nunca la

---

[171] *Cf.* Mal Lara (*Philosophía Vulgar*, IV, p. 13): "Dicho habemos cómo estos nombres, *hado, hadas buenas* y *mal hado*, desventura son de la gentilidad, que aún se van quitando con trabajo". De ahí la rectificación de Lázaro "o, por mejor decir, mis pecados". *Cf. Lozana Andaluza* (p. 135): "que yo también ando tras ella por mis pecados"; Villalobos (*Algunas obras*, p. 49): "y a mi en la tierra, por mis pecados, el mayor castigo..."; don Francesillo de Zúñiga (*Crónica*, p. 27a): "y Dios, por los pecados de don Alverique valenciano o por las coplas de Boscán o por las teologías del presidente de Granada, ha querido y tenido por bien..."; Santa Teresa (*La vida*, p. 97): "creo permitió Dios por mis pecados".

[172] *recordarme*: despertarme.

desamparé, la mitad fuera, bien de aquella manera que debía estar al tiempo que silbaba con ella.

Espantado el matador de culebras qué podría ser aquella llave, miróla, sacándomela del todo de la boca, y vio lo que era, porque en las guardas nada de la suya diferenciaba. Fue luego a proballa, y con ella probó el maleficio. Debió de decir el cruel cazador: "El ratón y culebra que me daban guerra y me comían mi hacienda he hallado".

De lo que sucedió en aquellos tres días siguientes ninguna fe daré, porque los tuve en el vientre de la ballena,[173] más de cómo esto que he contado oí, después que en mí torné, decir a mi amo, el cual, a cuantos allí venían lo contaba por extenso.

A cabo de tres días yo torné en mi sentido, y vime echado en mis pajas, la cabeza toda emplastada y llena de aceites y ungüentos, y espantado dije:

—¿Qué es esto?

Respondióme el cruel sacerdote:

—A fe que los ratones y culebras que me destruían ya los he cazado.

Y miré por mí, y vime tan maltratado, que luego sospeché mi mal.

A esta hora entró una vieja que ensalmaba,[174] y los vecinos. Y comiénzanme a quitar trapos de la cabeza y curar el garrotazo. Y como me hallaron vuelto en mi sentido, holgáronse mucho, y dijeron:

—Pues ha tornado en su acuerdo, placerá a Dios no será nada.[175]

---

[173] Jonás, 2, 1: "et erat Ionas in ventre piscis tribus diebus et tribus noctibus"; o San Mateo, 12, 40: "sicut enim fuit Ionas in ventre ceti tribus diebus et tribus noctibus".

[174] Es decir, que curaba con ensalmos, que es "cierto modo de curar con oraciones; unas veces solas, otras aplicando juntamente algunos remedios", y "ensalmar a uno a veces sinifica descalabrarle porque tiene necesidad de que le aten alguna venda a la cabeza, de las cuales suelen usar los ensalmadores, bendiciéndolas primero y haciendo con ellas ciertas cruces sobre la parte llagada o herida" (Cov.).

[175] Cf. Alonso Enríquez (La vida, p. 27a): "yo vengo agora de curar dolientes dese mal y enterrar muertos, y estoy sano,

—Ahí tornaron de nuevo a contar mis cuitas y a reirlas, y yo, pecador, a llorarlas. Con todo esto, diéronme de comer, que estaba transido de hambre, y apenas me pudieron remediar. Y ansí, de poco en poco, a los quince días me levanté y estuve sin peligro (mas no sin hambre) y medio sano.

Luego otro día que fui levantado, el señor mi amo me tomó por la mano y sacóme la puerta afuera, y puesto en la calle, díjome:

—Lázaro, de hoy más eres tuyo y no mío. Busca amo y vete con Dios. Que yo no quiero en mi compañía tan diligente servidor. No es posible sino que hayas sido mozo de ciego.

Y santiguándose de mí, como si yo estuviera endemoniado, se torna a meter en casa y cierra su puerta.

---

y vos riyéndoos de mí, estáis malo. *Placerá a Dios no será nada".*

CÓMO LÁZARO SE ASENTÓ CON UN ESCUDERO Y DE LO QUE LE ACAESCIÓ CON ÉL

DESTA manera me fue forzado sacar fuerzas de flaqueza, y poco a poco, con ayuda de las buenas gentes, di comigo en esta insigne ciudad de Toledo, [176] adonde, con la merced de Dios, dende a quince días se me cerró la herida. Y mientras estaba malo, siempre me daban alguna limosna; mas después que estuve sano, todos me decían:

—Tú, bellaco y gallofero [177] eres. Busca, busca un amo a quien sirvas.

---

[176] Así describe Hurtado de Toledo la situación social de la ciudad (*Relación de Toledo*, p. 524): "La gente deste pueblo no es rica, antes demuestra mucha pobreza, de tal manera que de las diez partes de sus moradores, las nueve pueden pedir y sola una dar, y no hay como en Sevilla y Burgos y otros puertos de mar gente contiosa de millares de ducados, porque en teniendo uno, dos o tres mill ducados le revientan por las guarniciones de la capa y gualdrapas de la mula, por cuyo crédito muchas veces con lo que les fían se bandean e a ratos dan grave caída; con poco se muestran señores y triunfadores; son gente muy gastadora...".

[177] *gallofero*: el vago que pide 'gallofas' o mendrugos de pan. *Vid*. Introduc., p. 13.

—¿Y dónde se hallará ése —decía yo entre mí—, si Dios agora de nuevo,[178] como crió[179] el mundo, no le criase?

Andando así discurriendo de puerta en puerta, con harto poco remedio (porque ya la caridad se subió al cielo), topóme Dios con un escudero que iba por la calle, con razonable vestido, bien peinado, su paso y compás en orden. Miróme y yo a él, y díjome:

—Mochacho, ¿buscas amo?

Yo le dije:

—Sí, señor.

—Pues vente tras mí —me respondió—, que Dios te ha hecho merced en topar comigo; alguna buena oración rezaste hoy.

Y seguíle, dando gracias a Dios por lo que le oí, y también que me parescía, según su hábito y continente, ser el que yo había menester.

Era de mañana cuando este mi tercero amo topé; y llevóme tras sí gran parte de la ciudad. Pasábamos por las plazas do se vendía pan y otras provisiones. Yo pensaba (y aun deseaba) que allí me quería cargar de lo que se vendía, porque ésta era propria hora, cuando se suele proveer de lo necesario; más muy a tendido paso pasaba por estas cosas. "Por ventura no lo vee aquí a su contento —decía yo—, y querrá que lo compremos en otro cabo".[180]

Desta manera anduvimos hasta que dio las once. Entonces se entró en la iglesia mayor, y yo tras él, y muy devotamente le vi oír misa y los otros oficios divinos, hasta que todo fue acabado y la gente ida.[181] Entonces salimos de la iglesia; a buen paso tendido comenzamos a ir por una calle abajo. Yo iba el más alegre del

---

178   *de nuevo*: 'por primera vez'.
179   *crió*: 'creó'.
180   *cabo*: 'parte, sitio'.
181   *Cf.* Fernández de Oviedo (*Quinquagenas*, p. 30): "El católico cristiano se debe habituar a madrugar a oír misa temprano e dar gracias a Dios lo primero que haga, e después que devotamente la haya oído, vaya a entender en su oficio ordinario e administración de su casa y hacienda".

mundo en ver que no nos habíamos ocupado en buscar
de comer. Bien consideré que debía ser hombre, mi
nuevo amo, que se proveía en junto, y que ya la comida
estaría a punto y tal como yo la deseaba y aun la había
menester.

En este tiempo dio el reloj la una después de medio
día, y llegamos a una casa ante la cual mi amo se
paró, y yo con él, y derribando el cabo de la capa
sobre el lado izquierdo, sacó una llave de la manga, y
abrió su puerta, y entramos en casa. La cual tenía la
entrada obscura y lóbrega de tal manera, que paresce
que ponía temor a los que en ella entraban, aunque
dentro della estaba un patio pequeño y razonables [182]
cámaras.

Desque fuimos entrados, quita de sobre sí su capa, y
preguntando si tenía las manos limpias, la sacudimos
y doblamos, y muy limpiamente, soplando un poyo
que allí estaba, la puso en él; y hecho esto, sentóse
cabo della, preguntándome muy por extenso de dónde
era, y cómo había venido a aquella ciudad. Y yo le
di más larga cuenta que quisiera, porque me parescía
más conveniente hora de mandar poner la mesa y escudillar la olla, [183] que de lo que me pedía. Con todo
eso, yo le satisfice de mi persona lo mejor que mentir
supe, diciendo mis bienes y callando lo demás, porque
me parescía no ser para en cámara. [184] Esto hecho, estuvo ansí un poco, y yo luego vi mala señal, por ser
ya casi las dos y no le ver más aliento de comer que
a un muerto. Después desto, consideraba aquel tener
cerrada la puerta con llave, ni sentir arriba ni abajo
pasos de viva persona por la casa; todo lo que yo
había visto eran paredes, sin ver en ella silleta, ni
tajo, [185] ni banco, ni mesa, ni aun tal arcaz como el de

---

182   *razonables*: quizás aluda al tamaño y no al número.
183   *escudillar la olla*: "echar caldo en las escudillas, distri-
buirle y administrarle" (*Aut.*).
184   *no ser para en cámara*: 'no ser cortés y educado'.
185   *tajo*: 'tronco de madera para sentarse o cortar carne'.

marras. Finalmente, ella parescía casa encantada. Estando así, díjome:

—Tú, mozo, ¿has comido?

—No, señor —dije yo—, que aún no eran dadas las ocho cuando con Vuestra Merced encontré.

—Pues, aunque de mañana, yo había almorzado, y cuando ansí como algo, hágote saber que hasta la noche me estoy ansí. Por eso, pásate como pudieres, que después cenaremos.

Vuestra Merced crea, cuando esto le oí, que estuve en poco de caer de mi estado,[186] no tanto de hambre como por conoscer de todo en todo la fortuna serme adversa. Allí se me representaron de nuevo mis fatigas, y torné a llorar mis trabajos; allí se me vino a la memoria la consideración que hacía cuando me pensaba ir del clérigo, diciendo que, aunque aquel era desventurado y mísero, por ventura toparía con otro peor; finalmente, allí lloré mi trabajosa vida pasada y mi cercana muerte venidera. Y con todo, disimulando lo mejor que pude, le dije:

—Señor, mozo soy que no me fatigo mucho por comer, bendito Dios: deso me podré yo alabar entre todos mis iguales por de mejor garganta,[187] y ansí fui yo loado della fasta hoy día de los amos que yo he tenido.

—Virtud es ésa —dijo él—, y por eso te querré yo más: porque el hartar es de los puercos,[188] y el comer regladamente es de los hombres de bien.

"¡Bien te he entendido!", dije yo entre mí. "¡Maldita tanta medicina y bondad como aquestos mis amos que yo hallo hallan en la hambre!".

---

[186] *caer de mi estado*: desmayarme.

[187] *de mejor garganta*: menos goloso. *Cf.* "*mujer de buena garganta* suelen decir en las aldeas a las mozas templadas, que no son golosas" (*Cov.*).

[188] Donald Mc Grady, "Social Irony...", p. 559, cree que es una alusión antisemita, pero está claro que se trata de una frase hecha: "el puerco dicen haber nacido para satisfacer la gula, por los muchos bocadillos golosos que tiene" (*Cov.*).

Púseme a un cabo del portal, y saqué unos pedazos de pan del seno, que me habían quedado de los de por Dios.[189] Él, que vio esto, díjome:

—Ven acá, mozo. ¿Qué comes?

Yo lleguéme a él y mostréle el pan. Tomóme él un pedazo, de tres que eran, el mejor y más grande, y díjome:

—Por mi vida que paresce éste buen pan.

—¡Y cómo agora —dije yo—, señor, es bueno!

—Sí, a fe —dijo él—. ¿Adónde lo hubiste? ¿Si es amasado de manos limpias?[190]

—No sé yo eso —le dije—; mas a mí no me pone asco el sabor dello.

—Así plega a Dios —dijo el pobre de mi amo.

Y llevándolo a la boca, comenzó a dar en él tan fieros bocados como yo en lo otro.

—Sabrosísimo pan está —dijo—, por Dios.

Y como le sentí de qué pie coxqueaba,[191] dime priesa, porque le vi en disposición, si acababa antes que yo, se comediría[192] a ayudarme a lo que me quedase. Y con esto acabamos casi a una. Y mi amo comenzó a sacudir con las manos unas pocas de migajas, y bien menudas, que en los pechos[193] se le habían quedado. Y entró en una camareta[194] que allí estaba, y sacó un jarro desbocado y no muy nuevo, y desque hubo

---

189   Es decir, de los recibidos en limosna.
190   *Cf.* Eugenio de Salazar, "Carta al Licenciado Agustín Guedeja" (en *Cartas de E. de S.*, SBE, Madrid, 1966², p. 124): "y así da en la hogaza de centeno y en la cabraza vieja con harto menos escrúpulo que el amo de *Lazarillo de Tormes*. Porque aquel todavía preguntaba si habían amasado manos limpias los mendrugos de pan que comía...". En el *Lazarillo* se alude esta vez a la *limpieza* de sangre. *Vid.* S. Gilman ("The Death...", p. 165); F. Rico ("Problemas...", p. 289) y Mc Grady ("Social Irony...", p. 558).
191   *coxqueaba*: cojeaba.
192   *comedirse*: "anticiparse a hacer algún servicio sin que se lo adviertan o pidan" (*Cov.*).
193   *pechos*: 'pecho'. Era plural con significado singular.
194   *camareta*: "la pieza pequeña donde se suele poner la cama. Es voz antigua. Hoy se dice alcobita o alcoba pequeña" (*Aut.*).

bebido, convidóme con él. Yo, por hacer del continente, dije:

—Señor, no bebo vino.

—Agua es —me respondió—; bien puedes beber.

Entonces tomé el jarro y bebí. No mucho, porque de sed no era mi congoja.

Ansí estuvimos hasta la noche, hablando en cosas que me preguntaba, a las cuales yo le respondí lo mejor que supe. En este tiempo metióme en la cámara donde estaba el jarro de que bebimos y díjome:

—Mozo, párate allí, y verás cómo hacemos esta cama, para que la sepas hacer de aquí adelante.

Púseme de un cabo y él del otro, y hecimos la negra cama, en la cual no había mucho que hacer, porque ella tenía sobre unos bancos un cañizo, sobre el cual estaba tendida la ropa, [195] que por no estar muy continuada a lavarse, no parescía colchón, aunque servía dél, con harta menos lana que era menester. Aquél [196] tendimos, haciendo cuenta de ablandalle; lo cual era imposible, porque de lo duro mal se puede hacer blando. El diablo del enjalma [197] maldita la cosa tenía dentro de sí, que, puesto sobre el cañizo, todas las cañas se señalaban, y parescían a lo proprio entrecuesto [198] de flaquísimo puerco. Y sobre aquel hambriento colchón, un alfamar [199] del mesmo jaez, del cual el color yo no pude alcanzar. [200]

Hecha la cama y la noche venida, díjome:

—Lázaro, ya es tarde, y de aquí a la plaza hay gran trecho; también en esta ciudad andan muchos ladrones,

---

[195] *ropa*: 'colchón'. *Cf.*: "Se toma también por cualquier cosa que se pone debajo, o entre otras, para abultar o hacer asiento" (*Aut.*).

[196] *Aquél*: se refiere al colchón ("la ropa que hacía sus veces").

tendimos: extendimos.

[197] *enjalma*: la ropa o colchón citado.

[198] *entrecuesto*: 'espinazo'.

[199] *alfamar*: 'cobertor'.

[200] Mc Grady ("Social Irony...", p. 559, n. 14) señala el origen folklórico del tema de los lechos que asimilan la personalidad del durmiente. Una imitación del pasaje en E. de Salazar (*op. cit.*, p. 116).

que, siendo de noche, capean. [201] Pasemos como poda-
mos y mañana, venido el día, Dios hará merced; porque yo, por estar solo, no estoy proveído, antes, he
comido estos días por.allá fuera; mas agora hacerlo
hemos de otra manera.

—Señor, de mí —dije yo— ninguna pena tenga Vuestra Merced, que bien sé pasar una noche y aun más, si
es menester, sin comer.

—Vivirás más y más sano —me respondió—, porque,
como decíamos hoy, no hay tal cosa en el mundo para
vivir mucho, que comer poco.

"Si por esa vía es", dije entre mí, "nunca yo moriré,
que siempre he guardado esa regla por fuerza, y aun
espero, en mi desdicha, tenella toda mi vida".

Y acostóse en la cama, poniendo por cabecera las
calzas y el jubón. Y mandóme echar a sus pies, lo cual
yo hice. Mas maldito el sueño que yo dormí, porque las
cañas y mis salidos huesos en toda la noche dejaron
de rifar [202] y encenderse, que con mis trabajos, males y
hambre pienso que en mi cuerpo no había libra de
carne, y también, como aquel día no había comido casi
nada, rabiaba de hambre, la cual con el sueño no tenía
amistad. Maldíjeme mil veces (Dios me lo perdone), y
a mi ruin fortuna, allí lo más de la noche, y lo peor, no
osándome revolver por no despertalle, pedí a Dios muchas veces la muerte. [203]

---

[201] *capean*: roban las capas. *Cf.*: "La necesidad ʾdebe de ser
grande de algunos que capean aquí y no se contentan con menos que de señores. Algunos han aguardado al salir de palacio
y les han pedido buenamente el dinero que llevan y lo han
dado, y luego la capa, y ésta la han defendido ['por honor']"
(Sebastián González, *Carta al Padre Pereyra* [Madrid, 1637], en
Epistolario Español, II, *BAE*, LXII, p. 313a).

[202] rifar: 'pelear'.
encenderse: "vale también enojarse mucho" (*Aut.*).

[203] *Cf.* este pasaje con el siguiente de don Martín de Ayala
(*La vida*, p. 217b): "Una noche, que fue primero de febrero,
víspera de la Purificación, yo demandé a un criado mío que
trajese colación ya bien de noche, después de haber estudiado
y escrito gran rato, y díjome que ni había pan ni vino; yo en-
tristecíme, aunque no era nuevo para mí aquello, que me quería
acostar y de tristeza hinquéme de rodillas junto a la cama y
comencé a pensar un poco en Dios, en mi vida y en mi necesidad, no sin lágrimas".

La mañana venida levantámonos, y comienza a limpiar y sacudir sus calzas, y jubón, y sayo y capa. Y yo que le servía de pelillo. [204] Y vísteseme muy a su placer, de espacio. Echéle aguamanos, peinóse, y puso su espada en el talabarte, y al tiempo que la ponía díjome:

—¡Oh, si supieses, mozo, qué pieza es ésta! No hay marco de oro [205] en el mundo por que yo la diese; mas ansí, ninguna de cuantas Antonio [206] hizo, no acertó a ponelle los aceros tan prestos como ésta los tiene.

Y sacóla de la vaina y tentóla con los dedos, diciendo:

—Vesla aquí. Yo me obligo con ella a cercenar un copo de lana. [207]

Y yo dije entre mí: "Y yo con mis dientes, aunque no son de acero, un pan de cuatro libras".

Tornóla a meter y ciñósela, y un sartal de cuentas gruesas [208] del talabarte. [209] Y con un paso sosegado y el cuerpo derecho, haciendo con él y con la cabeza muy gentiles meneos, echando el cabo de la capa sobre el hombro y a veces so el brazo, y poniendo la mano derecha en el costado, salió por la puerta, diciendo:

—Lázaro, mira por la casa en tanto que voy a oír misa, y haz la cama, y ve por la vasija de agua al río, que aquí bajo está; y cierra la puerta con llave, no nos hurten algo, y ponla aquí al quicio, porque, si yo viniere en tanto, pueda entrar.

Y súbese por la calle arriba con tal gentil semblante y continente, que quien no le conosciera pensara ser

---

[204] *servir de pelillo*: "hacer servicios de poca importancia" (*Cov.*).

[205] *marco de oro*: media libra de oro, que equivalía a unos 2.400 maravedís.

[206] *Antonio*: espadero que forjó la espada de Fernando el Católico.

[207] "Quizá este elogio hiperbólico del filo de las espadas se ha transmitido de generación en generación entre los armeros, como eco de viejas leyendas" (Bataillon, *Novedad y fecundidad*, p. 41, n. 37, que trae el ejemplo de cómo Sigurd, héroe de una leyenda nórdica, corta un copo de nieve para probar el filo de su espada).

[208] *sartal*: 'rosario'.

[209] *talabarte*: 'tahalí'.

muy cercano pariente al conde de Arcos, o, a lo menos, camarero que le daba de vestir.

"¡Bendito seáis Vos, Señor", quedé yo diciendo, "que dais la enfermedad, y ponéis el remedio. [210] ¿Quién encontrará a aquel mi señor que no piense, según el contento de sí lleva, haber anoche bien cenado y dormido en buena cama, y aunque agora es de mañana, no le cuenten por muy bien almorzado? ¡Grandes secretos son, Señor, los que Vos hacéis y las gentes ignoran! [211] ¿A quién no engañará aquella buena disposición y razonable capa y sayo? ¿Y quién pensara que aquel gentil hombre se pasó ayer todo el día sin comer con aquel mendrugo de pan, que su criado Lázaro trujo un día y una noche en el arca de su seno, do no se le podía pegar mucha limpieza, y hoy, lavándose las manos y cara, a falta de paño de manos se hacía servir de la halda del sayo? Nadie por cierto lo sospechara. ¡Oh, Señor, y cuántos de aquéstos debéis Vos tener por el mundo derramados, que padescen por la negra que llaman honra, [212] lo que por Vos no sufrirán!".

Ansí estaba yo a la puerta, mirando y considerando estas cosas, y otras muchas, hasta que el señor mi amo

---

[210] Es frase con reminiscencias bíblicas (*Deut*. 32, 39; Job 5, 17-8). Vid. C. Guillén (*L. de T.*, n. 253).

[211] Frase de origen bíblico (Job, 5, 9; *Rom.*, 11, 33), con frecuencia utilizada en contextos burlescos: "Digo que por cierto que son grandes los misterios de Dios, pues en tan poco tiempo te ha mudado a hacerte tan santa persona" (Feliciano de Silva, *Segunda Celestina*, p. 144); "Y por esto te veo que son grandes los juicios de Dios y no sabidos sus caminos" (*ibid.*, p. 367); "¡Oh Señor, cuán altos son tus misterios y cuántos límites pusiste a Pero Hernández de Córdoba" (don Francesillo de Zúñiga, *Crónica*, p. 29a).

[212] *negra honra*: Cf. Feliciano de Silva (*Segunda Celestina*, pp. 86, 469 y 496): "con la costumbre yo haya ya hecho hábito para sostener esta *negra honra*, que a tantos trabajos me obliga"; "¡Qué negro linaje y qué *negra nada de honra*!"; "porque no lo sepa la tierra por esta *honra negra*, hijo, porque más quiero que me tengan por rica y mezquina, que por pobre y liberal, que ya, mi fe, mi amor, el mundo es tan malo, que no tienen ni estiman sino al que saben que tiene"; don Francesillo de Zúñiga (*Crónica*, p. 60 b): "y como, señor, *esta negra honra* tenga más cabos que pulpo y más circunstancias que pecados tuvo Juan Jordán".

traspuso la larga y angosta calle; y como lo vi trasponer, tornéme a entrar en casa, y en un credo la anduve toda, alto y bajo, sin hacer represa, [213] ni hallar en qué.

Hago la negra dura cama, y tomo el jarro, y doy comigo en el río, donde en una huerta vi a mi amo en gran recuesta [214] con dos rebozadas mujeres, al parescer de las que en aquel lugar no hacen falta, [215] antes muchas tienen por estilo de irse a las mañanicas del verano a refrescar y almorzar, sin llevar qué, por aquellas frescas riberas, con confianza que no ha de faltar quien se lo dé, según las tienen puestas en esta costumbre aquellos hidalgos del lugar.

Y como digo, él estaba entre ellas hecho un Macías, [216] diciéndoles más dulzuras que Ovidio escribió. [217] Pero, como sintieron dél que estaba bien enternecido, no se les hizo de vergüenza pedirle de almorzar con el acostumbrado pago.

Él, sintiéndose tan frío de bolsa cuanto estaba caliente del estómago, tomóle tal calofrío, que le robó la color del gesto, y comenzó a turbarse en la plática, y a poner excusas no validas. [218] Ellas, que debían ser bien instituidas, [219] como le sintieron la enfermedad, dejáronle para el que era. [220]

---

[213] *sin hacer represa* : sin detenerme.

[214] *recuesta* : requiriendo de amores.

[215] Quiere decir : "De las que en aquel lugar [Toledo o el río] no faltan".

[216] Se refiere al trovador gallego del siglo XIV que, según la tradición, murió de amores, y su nombre pasó a engrosar las listas típicas de leales enamorados.

[217] Alude a los tratados amorosos ovidianos (*Ars Amatoria, Remedia amoris, Amores*).

[218] *validas* : 'válidas', con la acentuación grave (*ap.* Cejador, *L. de T.*, p. 166, n. 8).

[219] *instituidas* : 'instruidas, enseñadas'.

[220] *para el que era*. Los editores, cuando lo hacen, anotan esta construcción como si se tratara de una frase hecha : "supieron conocerle, y no pasaron adelante" (C. Castro, *L. de T.*, p. 75, n. 2); "Despreciativamente, como miserable que era" (Riquer, *L. de T.*, p. 643, n. 35, y F. Rico, *NPE*, p. 50, n. 44). Es frase que no he podido documentar. Creo, sin embargo, que debe entenderse todo el pasaje partiendo de los conceptos médicos iniciales —"el estómago, caliente por naturaleza, al enfriarse de improviso, a causa de la frialdad de la bolsa, provoca

Yo, que estaba comiendo ciertos tronchos de berzas, con los cuales me desayuné, con mucha diligencia, como mozo nuevo, sin ser visto de mi amo, torné a casa, de la cual pensé barrer alguna parte, que era bien menester; mas no hallé con qué. Púseme a pensar qué haría, y parescióme esperar a mi amo hasta que el día demediase, y si viniese y por ventura trajese algo que comiésemos; mas en vano fue mi experiencia.

Desque vi ser las dos y no venía y la hambre me aquejaba, cierro mi puerta y pongo la llave do mandó y tórnome a mi menester. [221] Con baja y enferma voz y inclinadas mis manos en los senos, puesto Dios ante mis ojos y la lengua en su nombre, comienzo a pedir pan por las puertas y casas más grandes que me parecía. Mas como yo este oficio le hobiese mamado en la leche (quiero decir que con el gran maestro el ciego lo aprendí), tan suficiente discípulo salí, que aunque en este pueblo no había caridad ni el año fuese muy abundante, tan buena maña me di, que antes que el reloj diese las cuatro ya yo tenía otras tantas libras de pan ensiladas [222] en el cuerpo, y más de otras dos en las mangas y senos. Volvíme a la posada, y al pasar por la Tripería pedí a una de aquellas mujeres, y dióme un pedazo de uña de vaca con otras pocas de tripas cocidas. [223]

Cuando llegué a casa, ya el bueno de mi amo estaba en ella, doblada su capa y puesta en el poyo, y él paseándose por el patio. Como entré, vínose para mí. Pensé que me quería reñir la tardanza, mas mejor lo hizo Dios. Preguntóme dó venía. Yo le dije:

---

la palidez. Ellas, que habían estudiado bien el oficio de médico amoroso, le conocieron la enfermedad —la pobreza— y le dejaron para que le curara el médico a quien correspondía sanar esta enfermedad y no la de la pasión amorosa".

221 Es decir, 'a mendigar'.

222 *ensiladas*: metidas en el 'silo' del cuerpo.

223 *Cf.* Hurtado de Toledo (*Relación de Toledo*, p. 574): "La sesta la plaza de Sanctiago del Arrabal donde hay cuarta carnicería y muchas mujeres con menudo cocido para la pobre gente que de dos maravedís arriba dan caldo y menudo con que se puede substentar una persona". *Vid.* Introduc., p. 17.

—Señor, hasta que dio las dos estuve aquí, y de que vi que Vuestra Merced no venía, fuime por esa ciudad a encomendarme a las buenas gentes, y hanme dado esto que veis.

Mostréle el pan y las tripas, que en un cabo de la halda traía, a la cual él mostró buen semblante, y dijo:

—Pues esperado te he a comer, y de que vi que no veniste, comí. Mas tú haces como hombre de bien en eso, que más vale pedillo por Dios que no hurtallo. [224] Y ansí Él me ayude como ello me paresce bien, y solamente te encomiendo no sepan que vives comigo, por lo que toca a mi honra; aunque bien creo que será secreto, según lo poco que en este pueblo soy conoscido. ¡Nunca a él yo hubiera de venir!

—De eso pierda, señor, cuidado —le dije yo—, que maldito aquel que ninguno tiene de pedirme esa cuenta, ni yo de dalla.

—Agora, pues, come, pecador, [225] que si a Dios place, presto nos veremos sin necesidad. Aunque te digo que después que en esta casa entré, nunca bien me ha ido; debe ser de mal suelo, que hay casas desdichadas y de mal pie, que a los que viven en ellas pegan la desdicha. Esta debe de ser, sin dubda, dellas; mas yo te prometo, acabado el mes no quede en ella, aunque me la den por mía.

Sentéme al cabo del poyo, y porque no me tuviese por glotón, callé la merienda, y comienzo a cenar y morder en mis tripas y pan, y, disimuladamente, miraba al desventurado señor mío, que no partía sus ojos de mis faldas, que aquella sazón servían de plato. Tanta lástima haya Dios de mí como yo había dél, porque sentí [226] lo que sentía, y muchas veces había por ello pasado, y pasaba cada día. Pensaba si sería bien comedirme a convidalle; mas, por me haber dicho que había comido, temíame no aceptaría el convite. Finalmente, yo

---

[224] "Más vale pedir que hurtar" (Correas).
[225] *pecador*: 'pobrecito'.
[226] *sentí*: me di cuenta. *Vid.* p. 115, n. 135.

deseaba aquel pecador ayudase a su trabajo del mío, [227] y se desayunase como el día antes hizo, pues había mejor aparejo, por ser mejor la vianda y menos mi hambre.

Quiso Dios cumplir mi deseo, y aun pienso que el suyo, porque, como comencé a comer y él se andaba paseando, llegóse a mí y díjome:

—Dígote, Lázaro, que tienes en comer la mejor gracia que en mi vida vi a hombre, y que nadie te lo verá hacer que no le pongas gana aunque no la tenga.

"La muy buena que tú tienes", dije yo entre mí, "te hace parescer la mía hermosa".

Con todo, paresciome ayudarle pues se ayudaba [228] y me abría camino para ello, y díjele:

—Señor, el buen aparejo hace buen artífice; este pan está sabrosísimo, y esta uña de vaca tan bien cocida y sazonada, que no habrá a quién no convide con su sabor.

—¿Uña de vaca es?

—Sí, señor.

—Dígote que es el mejor bocado del mundo, y que no hay faisán que ansí me sepa.

—Pues pruebe, señor, y verá qué tal está.

Póngole en las uñas la otra y tres o cuatro raciones de pan de lo más blanco, y asentóseme al lado y comienza a comer como aquel que lo había gana, royendo cada huesecillo de aquéllos mejor que un galgo suyo lo hiciera.

—Con almodrote [229] —decía— es este singular manjar.

"Con mejor salsa lo comes tú", respondí yo paso.

—Por Dios, que me ha sabido como si hoy no hobiera comido bocado.

"¡Ansí me vengan los buenos años como es ello!", dije yo entre mí.

---

227   Quiere decir: "a su necesidad ['trabajo'] de lo conseguido con mi oficio de pedir ['trabajo']".

228   *se ayudaba*: de 'ayudarse' que es "hacer las diligencias convenientes para conseguir alguna cosa" (*Aut.*).

229   *almodrote*: "cierta salsa que se hace con aceite, ajos, queso y otras cosas" (*Cov.*).

Pidióme el jarro del agua y díselo como lo había traído. Es señal, que pues no le faltaba el agua, que no le había a mi amo sobrado la comida. Bebimos, y muy contentos nos fuimos a dormir, como la noche pasada.

Y por evitar prolijidad, desta manera estuvimos ocho o diez días, yéndose el pecador en la mañana con aquel contento y paso contado a papar aire [230] por las calles, teniendo en el pobre Lázaro una cabeza de lobo. [231]

Contemplaba yo muchas veces mi desastre, que escapando de los amos ruines que había tenido, y buscando mejoría, viniese a topar con quien no sólo no me mantuviese, mas a quien yo había de mantener. Con todo, le quería bien, con ver que no tenía ni podía más. Y antes le había lástima que enemistad. Y muchas veces, por llevar a la posada con que él lo pasase, yo lo pasaba mal.

Porque una mañana, levantándose el triste en camisa, subió a lo alto de la casa a hacer sus menesteres, y en tanto yo, por salir de sospecha, desenvolvile el jubón y las calzas, que a la cabecera dejó, y hallé una bolsilla de terciopelo raso, hecho cien dobleces y sin maldita la blanca ni señal que la hobiese tenido mucho tiempo. "Este, decía yo, es pobre, y nadie da lo que no tiene; [232] mas el avariento ciego y el malaventurado mezquino clérigo, que, con dárselo Dios a ambos, al uno de mano besada [233] y al otro de lengua suelta, me mataban de hambre, aquéllos es justo desamar, y aquéste de haber mancilla". [234]

---

[230] *papar aire*: "metafóricamente vale estar embelesado o sin hacer nada o con la boca abierta" (*Aut.*).

[231] *cabeza de lobo*: "la ocasión que uno toma para aprovecharse, como el que mata un lobo, que, llevando la cabeza por los lugares de la comarca, le dan todos algo" (*Cov.*).

[232] *Cf.* Feliciano de Silva (*Segunda Celestina*, p. 397): "¿Sabes por qué? Porque ninguno da más de lo que tiene".

[233] "Un amo —cuenta Correas— quiso poner a oficio su negro, y él, no agradándose de ninguno de trabajo, escogió el de cura, y dijo que quería el oficio de *besamano y dacá pan*, por la ofrenda que se usa dar al cura por las fiestas" (*ap.* F. Rico, *NPE*, p. 54, n. 62).

[234] *mancilla*: 'lástima'.

Dios es testigo que hoy día, cuando topo con alguno de su hábito con aquel paso y pompa, le he lástima con pensar si padece lo que aquél le vi sufrir. Al cual, con toda su pobreza, holgaría de servir más que a los otros por lo que he dicho. Sólo tenía dél un poco de descontento: que quisiera yo que no tuviera tanta presumpción, mas que abajara un poco su fantasía [235] con lo mucho que subía su necesidad. Mas, según me parece, es regla ya entre ellos usada y guardada: aunque no haya cornado de trueco, [236] ha de andar el birrete [237] en su lugar. El Señor lo remedie, que ya con este mal han de morir.

Pues, estando yo en tal estado, pasando la vida que digo, quiso mi mala fortuna, que de perseguirme no era satisfecha, que en aquella trabajada y vergonzosa vivienda [238] no durase. Y fue, como el año en esta tierra fuese estéril de pan, [239] acordaron el Ayuntamiento [240] que todos los pobres estranjeros se fuesen de la ciudad, con pregón que el que de allí adelante topasen fuese punido [241] con azotes. Y así ejecutando la ley, desde a cuatro días que el pregón se dio, vi llevar una procesión de pobres azotando por las Cuatro Calles. [242] Lo cual me

235 *fantasía* : 'presunción'.
236 *cornado* : moneda de escaso valor que se utilizaba para el cambio.
237 *birrete* : "Vale bonete ['sombrero'] de color entre roja" (*Cov.*). Debe de tratarse de una frase hecha que alude a los magistrados y altas personalidades que siguen llevando el birrete en señal de su antiguo cargo, como supone Guillén. Podría entenderse también la frase como "saludará con el birrete sólo a aquellas personas que son superiores a él", que sería una anticipación de la anécdota que más adelante relata el escudero.
238 *vivienda* : género de vida. *Cf*. Lope de Rueda (*Obras*, ed. RAE, Madrid, 1908, II, p. 79) : "¿Qué hombre era ése, o qué arte de vivienda era la suya?".
239 *Cf*. Introduc., p. 12.
240 *Ayuntamiento* : "Título que por particular honor usaba el municipio toledano" (F. Rico, *NPE*, p. 55, n. 69).
241 *punido* : 'castigado'.
242 Entre la Catedral y el Zocodover. Era zona habitada por judíos (*vid*. F. Rico, *NPE*, p. 61, n. 89).

puso tan gran espanto, que nunca osé desmandarme a demandar.[243]

Aquí viera, quien vello pudiera, la abstinencia de mi casa y la tristeza y silencio de los moradores, tanto, que nos acaesció estar dos o tres días sin comer bocado ni hablar palabra. A mí diéronme la vida unas mujercillas hilanderas de algodón, que hacían bonetes, y vivían par de nosotros, con las cuales yo tuve vecindad y conocimiento.[244] Que de la laceria que les traía me daban alguna cosilla, con la cual muy pasado[245] me pasaba.

Y no tenía tanta lástima de mí como del lastimado de mi amo, que en ocho días maldito el bocado que comió. A lo menos en casa bien lo estuvimos sin comer. No sé yo cómo o dónde andaba y qué comía ¡Y velle venir a mediodía la calle abajo, con estirado cuerpo, más largo que galgo de buena casta![246] Y por lo que toca a su negra, que dicen, honra, tomaba una paja, de las que aun asaz no había en casa, y salía a la puerta escarbando los dientes que nada entre sí tenían,[247] quejándose toda vía[248] de aquel mal solar, diciendo:

[243] *Cf.* Gil Vicente (*Don Duardos*, ed. Dámaso Alonso, p. 48): "¡Mucho os desmandáis vos! ¿Queréislo vos demandar?" (*ap.* C. Guillén, *L. de T.*, n. 294).

[244] *Cf.* Hurtado de Toledo (*Relación de Toledo*, p. 575): "y demás destos setenta oficios hay otras muchas particularidades que dellos se derivan, por cuya manufatura la gente pobre, viudas, beatas y doncellas y aun algunas monjas se mantienen".

[245] *pasado*: como 'la fruta pasada', según Menéndez Pidal, *Antología*, p. 80.

[246] Podría aludir al origen converso del escudero (*vid.* F. Rico, "Problemas...", p. 291, y Donald Mc Grady, "Social Irony...", p. 560). Es posible, sin embargo, que se trate de un mote sin segunda intención. *Cf.* Don Francesillo de Zúñiga (*Epístolas y Crónica*, pp. 9*a*, 12*a* y 40*a*): "Don Francisco Jiménez que parecía galga envuelta en manta de jerga"; "Don Alonso de Arellano, que parescía galgo que llevan a caza por fuerza"; "este conde parescía perro ahorcado o borceguí viejo de escudero pobre": "pareció este comendador galgo tendido al sol".

[247] Es chiste de bastante difusión. *Vid.* H. N. Bershas, "La biznaga honrada", *RoN*, VII (1965), pp. 62-67.

[248] *toda vía*: siempre.

—Malo está de ver, que la desdicha desta vivienda
lo hace. Como ves, es lóbrega, triste, obscura.[249] Mientras aquí estuviéremos hemos de padecer. Ya deseo que
se acabe este mes por salir della.

Pues, estando en esta afligida y hambrienta persecución, un día, no sé por cuál dicha o ventura, en el
pobre poder de mi amo entró un real, con el cual
él vino a casa tan ufano como si tuviera el tesoro de
Venecia,[250] y con gesto muy alegre y risueño me lo
dio, diciendo:

—Toma, Lázaro, que Dios ya va abriendo su mano.
Ve a la plaza y merca pan y vino y carne: ¡quebremos el ojo al diablo![251] Y más te hago saber porque
te huelgues: que he alquilado otra casa, y en ésta desastrada[252] no hemos de estar más de en cumpliendo el
mes. ¡Maldita sea ella y el que en ella puso la primera
teja, que con mal en ella entré! Por Nuestro Señor,
cuanto ha que en ella vivo, gota de vino ni bocado de
carne no he comido, ni he habido descanso ninguno;
¡mas tal vista tiene y tal obscuridad y tristeza! Ve y
ven presto, y comamos hoy como condes.

Tomo mi real y jarro, y a los pies dándoles priesa,
comienzo a subir mi calle, encaminando mis pasos para
la plaza, muy contento y alegre. Mas ¿qué me aprovecha si está constituido en mi triste fortuna que ningún
gozo me venga sin zozobra?[253] Y ansí fue éste. Porque
yendo la calle arriba, echando mi cuenta en lo que le
emplearía que fuese mejor y más provechosamente gastado, dando infinitas gracias a Dios que a mi amo había

---

[249] *Cf.* Villalobos (*Algunas obras*, p. 7): "De manera que
cuando allá entrare el desventurado podrá decir: "¡Oh casa
triste y escura, con cuánto dolor y trabajo te hallé, y cuánto
fuera mejor no hallarte!" (*ap.* F. Lázaro, "Construcción...",
p. 102).

[250] *Cf.* Lope de Rueda (*Obras*, ed. RAE, Madrid, 1908, II,
p. 162): "No quisiera estar en tu piel por todo el tesoro de
Venecia".

[251] "Quiere decir hacer rabiar al enemigo, que lo es el diablo,
teniendo algún bien o contento" (Correas).

[252] *desastrada*: mal influida por los astros.

[253] *Cf.* Alonso Enríquez (*La vida*, p. 140 b): "Mas como no
quiso Dios que en esta vida hobiese risa sin lloro...".

hecho con dinero, a deshora me vino al encuentro un
muerto que por la calle abajo muchos clérigos y gente
en unas andas traían.

Arriméme a la pared por darles lugar, y desque el
cuerpo pasó, venían luego a par del lecho una que
debía ser su mujer del difunto, cargada de luto, y con
ella otras muchas mujeres, [254] la cual iba llorando a
grandes voces y diciendo:

—Marido y señor mío: ¿adónde os me llevan? ¡A
la casa triste y desdichada, a la casa lóbrega y obscura,
a la casa donde nunca comen ni beben!

Yo, que aquello oí, juntóseme el cielo con la tierra
y dije: "¡Oh, desdichado de mí! ¡Para mi casa llevan
este muerto!". [255]

Dejo el camino que llevaba y hendí por medio de
la gente, y vuelvo por la calle abajo, a todo el más
correr que pude, para mi casa; y entrado en ella, cierro
a grande priesa, invocando el auxilio y favor de mi
amo, abrazándome dél, que me venga ayudar y a defender la entrada. El cual, algo alterado, pensando que
fuese otra cosa, me dijo:

—¿Qué es eso, mozo? ¿Qué voces das? ¿Qué has?
¿Por qué cierras la puerta con tal furia?

—¡Oh, señor —dije yo—, acuda aquí, que nos traen
acá un muerto!

—¿Cómo así? —respondió él.

—Aquí arriba lo encontré, y venía diciendo su mujer: "¡Marido y señor mío! ¿Adónde os llevan? ¡A
la casa lóbrega y obscura, a la casa triste y desdichada,

[254] Alude a las endecheras "que quitó la Sancta Inquisición,
por ser color de gentiles y judíos, y negocio que aprovechaba
poco para el alma" (Mal Lara, *Philosophía Vulgar*, IV, p. 33).
[255] La anécdota se encuentra ya en un cuento árabe del
siglo x, y se halla también en el *Liber facetiarum* de Pinedo
y en el *Arte de Furtar* de Antonio Vierra. *Vid.* Francisco Ayala
("Fuente árabe de un cuento popular en el *Lazarillo*", *BRAE*,
XLV [1965], pp. 493-495), y A. Rumeau ("Notes au *L*: La casa
lóbrega y escura", *Les Langues Néolatines* [1965], núm. 173,
pp. 16-25). Nuevos cuentos árabes que traen la anécdota pueden
verse en Fernando de la Granja, "Nuevas notas a un episodio
del *Lazarillo de Tormes*", *Al-Andalus*, XXXVI (1971), pp. 223-
237.

a la casa donde nunca comen ni beben!". Acá, señor, nos le traen.

Y, ciertamente, cuando mi amo esto oyó, aunque no tenía por qué estar muy risueño, rió tanto, que muy gran rato estuvo sin poder hablar. En este tiempo tenía ya yo echada la aldaba a la puerta y puesto el hombro en ella por más defensa. Pasó la gente con su muerto, y yo todavía me recelaba que nos le habían de meter en casa. Y desque fue ya más harto de reír que de comer el bueno de mi amo, díjome:

—Verdad es, Lázaro; según la viuda lo va diciendo, tú tuviste razón de pensar lo que pensaste; mas, pues Dios lo ha hecho mejor y pasan adelante, abre, abre y ve por de comer.

—Déjalos, señor, acaben de pasar la calle —dije yo.

Al fin vino mi amo a la puerta de la calle y ábrela esforzándome, que bien era menester, según el miedo y alteración, y me torno a encaminar. Mas aunque comimos bien aquel día, maldito el gusto yo tomaba en ello, ni en aquellos tres días torné en mi color; y mi amo muy risueño todas las veces que se le acordaba aquella mi consideración.

De esta manera estuve con mi tercero y pobre amo, que fue este escudero, algunos días, y en todos deseando saber la intención de su venida y estada [256] en esta tierra, porque, desde el primer día que con él asenté, le conoscí ser estranjero, por el poco conoscimiento y trato que con los naturales della tenía. Al fin se cumplió mi deseo, y supe lo que deseaba, porque un día que habíamos comido razonablemente y estaba algo contento, contóme su hacienda, [257] y díjome ser de Castilla la

---

[256] *estada*: permanencia.

[257] *hacienda*: "todo lo que a él se refería". A. Rumeau ("Notes au *L.*", *Les Langues Néolatines* [1963], núm. 166, pp. 19-25) interpreta esta frase como un arcaísmo frecuente en los libros de caballerías, y tendría por tanto, un sentido paródico, complementado con la frase "dándole relación de su persona valerosa" (*ap.* F. Rico, *NPE*, p. 59, n. 80). *Cf.* Alonso Enríquez: "así con sus valerosos ingenios como con sus caballerosas personas" (*La vida*, p. 80 *a*). En el texto de Enríquez el matiz es de elogio.

Vieja y que había dejado su tierra no más de por no quitar el bonete a un caballero su vecino.

—Señor —dije yo—, si él era lo que decís y tenía más que vos, ¿no errábades en no quitárselo primero, pues decís que él también os lo quitaba?

—Sí es, y sí tiene, y también me lo quitaba él a mí; mas, de cuantas veces yo se le quitaba primero, no fuera malo comedirse él alguna y ganarme por la mano. [258]

—Parésceme, señor —le dije yo—, que en eso no mirara, mayormente con mis mayores que yo y que tienen más.

—Eres mochacho —me respondió— y no sientes las cosas de la honra, en que el día de hoy está todo el caudal de los hombres de bien. Pues te hago saber que yo soy, como vees, un escudero; mas, ¡vótote a Dios!, [259] si al conde topo en la calle y no me quita muy bien quitado del todo el bonete, que otra vez que venga me sepa yo entrar en una casa, fingiendo yo en ella algún negocio, o atravesar otra calle, si la hay, antes que llegue a mí, por no quitárselo. Que un hidalgo no debe

---

[258] Cf. Rufo (Las seiscientas Apotegmas, n.º 300, p. 112): "Topando con un señor, anticipóse a quitalle la gorra, de puro comedido. Y como se hallase atajado, le dijo: 'Basta que vuestra señoría me gane por mil puntos, sin que me quiera ganar por la mano'". Era cortesía de gran importancia social. Cf. la anécdota que se relata en la vida de San Ignacio de Loyola (Autobiografía, V, 52, p. 116): "El tenía por costumbre de hablar, a cualquiera persona que fuese, por vos, teniendo esta devoción, que así hablaba Cristo y los apóstoles, etc. Yendo ansí por estas calles, le pasó por la fantasía que sería bueno dejar aquella costumbre en aquel trance y hablar por señoría al capitán, y esto con algunos temores de tormentos que le podían dar, etc. Mas como conoció que era tentación: —'Pues así es', dice, 'yo no le hablaré por señoría ni le haré reverencia ni le quitaré caperuza'". Y el mismo Alonso Enríquez (La vida, p. 39 b): "Y topábale por las calles y en Palacio e no le hablaba de bonete ni de lengua, apartándome dél y haciendo otros honestos desvíos".

[259] ¡vótote a Dios!: '¡juro a Dios!'. Es fórmula traída aquí para caracterizar al hidalgo, puesto que muchos nobles tenían a gala el salpicar sus frases con juramentos de este tipo. Así, por ejemplo, cuando don Francesillo de Zúñiga quiere remedar el habla del duque de Béjar no tiene más que hacerle decir: "¡Juro a Dios y por el cuerpo de Dios!" (Crónica, p. 39 b).

a otro que a Dios y al rey nada, [260] ni es justo, siendo hombre de bien, se descuide un punto de tener en mucho su persona. Acuérdome que un día deshonré en mi tierra a un oficial, [261] y quise ponerle las manos, porque cada vez que le topaba, me decía: "Mantenga Dios a Vuestra Merced" "Vos, don villano ruin —le dije yo—, ¿por qué no sois bien criado? ¿Manténgaos Dios, me habéis de decir, como si fuese quienquiera?" De allí adelante, de aquí acullá me quitaba el bonete, y hablaba como debía.

—¿Y no es buena manera de saludar un hombre a otro —dije yo— decirle que le mantenga Dios?

—¡Mira mucho de enhoramala! —dijo él—. A los hombres de poca arte [262] dicen eso; mas a los más altos, como yo, no les han de hablar menos de: "Beso las manos de Vuestra merced", o por lo menos: "Bésoos, señor, las manos", si el que me habla es caballero. [263] Y ansí, de aquel de mi tierra que me atestaba de mantenimiento nunca más le quise sufrir, ni sufriría, ni sufriré a hombre del mundo, de el rey abajo, que "Manténgaos Dios" me diga. [264]

---

260 Los hidalgos dependían directamente del rey. *Cf.* Alonso Enríquez (*La vida*, p. 51 *a*): "El cual [escudero] en siendo caballero, luego es soberbio y dice que es montañés y que dél abajo no debe nada a nadie".

261 *oficial*: 'artesano'. Era el escalón social inmediato al del escudero: "Porque si piensas, ¿es más el rey que el duque, y el duque que el marqués, y el marqués que el caballero, y el caballero que el escudero, y el escudero que el oficial, y el oficial que el labrador?" (Feliciano de Silva, *Segunda Celestina*, p. 469).

262 *de poca arte*: de poca categoría social.

263 *Cf.* Mal Lara (*Filosophia Vulgar*, IV, p. 94): "Y aun dicen algunos burlando: 'Mirá que me gastáis el nombre'. Porque la cosa es tratarse los hombres y que no se digan sus nombres, sino de Vuesa Merced el uno al otro". Para chistes parecidos en otros textos del siglo XVI, *vid.* Bataillon, *Novedad y fecundidad*, p. 40. El "manténgaos Dios" era fórmula utilizada por gente plebeya e inculta (*vid.* A. Castro, *Hacia Cervantes*, p. 135, que trae el ejemplo de un introito de Diego Sánchez de Badajoz a los canónigos de la villa "porque se quejaron que les dijo en una farsa 'Dios os mantenga'". *Vid.* también la nota de F. Rico, *NPE*, p. 60, n. 86).

264 *Cf.* Feliciano de Silva (*Segunda Celestina*, pp. 62 y 482): "Y si mucho enojo hubiere, no faltará quien me dé de comer,

"Pecador de mí —dije yo—, por eso tiene tan poco cuidado de mantenerte, pues no sufres que nadie se lo ruegue."

—Mayormente —dijo— que no soy tan pobre que no tengo en mi tierra un solar de casas, que a estar ellas en pie y bien labradas, diez y seis leguas de donde nací, en aquella Costanilla de Valladolid, [265] valdrían más de docientas veces mil maravedís, según se podrían hacer grandes y buenas; y tengo un palomar, [266] que a no estar derribado como está, daría cada año más de docientos palominos; y otras cosas que me callo, que dejé por lo que tocaba a mi honra. [267] Y vine a esta ciudad pensando que hallaría un buen asiento, mas no me ha sucedido como pensé. Canónigos y señores de la iglesia muchos hallo, mas es gente tan limitada, [268] que no los sacarán de su paso todo el mundo. Caballeros de media talla también me ruegan; mas servir con éstos es gran trabajo, porque de hombre os habéis de convertir en

---

ni a él quién le sirva, que yo no soy hombre que tengo de sufrir cosa contra mi honra"; "Señor Albacín, no llames a ninguno cobarde, que, voto a tal, si no fuera a ti, del rey abajo no lo sufriera". Y Gaspar de Texeda (*Segundo Libro de Cartas Mensageras*, Valladolid, 1553, f. 48): "Suplico a V. M. por mí y en nombre de otros más hijosdalgo que yo, mande que no se haga agravio porque no se sufre sufrille, que a no remedialle con tiempo los que lo podemos rescebir no consentirán mácula en su limpieza, antes perderemos las vidas" ("*Carta de un hidalgo a un grande porque le obligó a pechar para arreglar un puente*").

[265] Una de las calles más ricas de Valladolid. *Vid.* F. Rico, "Problemas...", p. 295.

[266] El derecho a la posesión del palomar era un privilegio que en la Edad Media concedían a los hidalgos y órdenes religiosas. Para este pasaje *vid.* J. E. Gillet ("The Squire's dovecote", *Hispanic Studies in Honour of I. González Llubera*, Oxford, 1959, pp. 135-138) y el citado artículo de F. Rico, pp. 291-292.

[267] *Cf.* Hurtado de Toledo (*Relación de Toledo*, p. 225): "en hallándose los labradores de los lugares comarcanos y aun de los que son lejos en pobreza, por no vivir señalados entre sus naturales, luego se acogen a Toledo". Para la posible alusión al origen converso del escudero, *vid.* F. Rico, "Problemas...", p. 292.

[268] *limitada*: 'poco liberal'.

malilla, [269] y si no, "Andá con Dios" os dicen. Y las más veces son los pagamentos a largos plazos, y las más y las más ciertas comido por servido. Ya cuando [270] quieren reformar consciencia y satisfaceros vuestros sudores, sois librados en la recámara, [271] en un sudado jubón, o raída capa o sayo. Ya cuando asienta un hombre con un señor de título, todavía pasa su laceria. ¿Pues, por ventura, no hay en mí habilidad para servir y contentar a éstos? Por Dios, si con él topase, muy gran su privado pienso que fuese, y que mil servicios le hiciese, porque yo sabría mentille tan bien como otro, y agradalle a las mil maravillas; reille hía mucho sus donaires y costumbres, aunque no fuesen las mejores del mundo; nunca decirle cosa con que le pesase, aunque mucho le cumpliese; ser muy diligente en su persona, en dicho y hecho; no me matar por no hacer bien las cosas que él no había de ver; y ponerme a reñir donde lo oyese con la gente de servicio, porque pareciese tener gran cuidado de lo que a él tocaba; si riñese con algún su criado, dar unos puntillos agudos [272] para le encender la ira, y que pareciesen en favor de el culpado; decirle bien de lo que bien le estuviese, y por el contrario, ser malicioso mofador; [273] malsinar [274] a los de casa y a los de fuera; pesquisar y procurar de saber vidas ajenas para contárselas, y otras muchas galas

269 *malilla*: 'comodín de baraja'.
270 *ya cuando*: 'cuando'.
271 *sois librado*: 'os pagan'. Numerosos ejemplos de críticas similares en boca de criados, en F. Rico, *NPE*, p. 62, n. 92.
272 *puntillos agudos*: desmesurar el hecho con mala intención. De 'puntillo' que es "un signo que consiste en un punto que se pone a la derecha de una nota [musical] y aumenta en la mitad su duración y valor" (*DRAE*).
273 Acepto la puntuación propuesta por Caso, frente a la mayoría de editores que imprimen "malicioso, mofador".
274 *malsinar*: de 'malsín' que son "los que descubren el secreto de sus amigos para hacer que los maten y que los roben, y algunas veces con levantamiento de falso testimonio" (Villalobos, *Problemas*, p. 414 a). Nótese que en la *Lozana Andaluza* el Escudero que aparece en el Mamotreto XXXIV es tenido por maldiciente y *malsín*: "Pensá que sois tenidos por maldicientes, que ya no se osa pasar por esta calle por vuestras malsinerías" (p. 145).

desta calidad, que hoy día [275] se usan en palacio y a los señores dél parecen bien. Y no quieren ver en sus casas hombres virtuosos; antes los aborrescen y tienen en poco y llaman nescios, y que no son personas de negocios ni con quien el señor se puede descuidar; y con éstos los astutos usan, como digo, el día de hoy, de lo que yo usaría; mas no quiere mi ventura que le halle.

Desta manera lamentaba también su adversa fortuna mi amo, dándome relación de su persona valerosa. [276]

Pues estando en esto, entró por la puerta un hombre y una vieja. El hombre le pide el alquiler de la casa y la vieja el de la cama. Hacen cuenta, y de dos en dos meses [277] le alcanzaron [278] lo que él en un año no alcan-

---

[275] Se trata de un tópico en el que se aúnan moralistas y descontentos: "Y trujéronlo a su Corte por no quitalle el cargo con menosprecio. Y allí estuvo mucho tiempo, donde se hizo tan cortido cortesano, así con vino de Sant Martín como con malicias y envidias y desvergüenzas que allí se usan y se aprenden" (Alonso Enríquez, *La vida*, p. 67 *a*); "Y por tanto yo quiero vivir conforme al tiempo, y usar lisonjas como se usan, pues sabes que lo que se usa no se escusa" (Feliciano de Silva, *Segunda Celestina*, p. 365); "Es la malicia de los hombres el día de hoy tan multiplicada e tan usada e suelta", "ni debés aventuraros a hablar con toda gente, en especial el día de hoy, que está el mundo muy enconado, e lleno de espinas e de diversas opiniones e condiciones, cargados los hombres de fraudes y mezcladas las lenguas" (Fernández de Oviedo, *Quinquagenas*, pp. 71 y 14): "Así los tienen agora los Grandes y Señores de España, que parece que tienen por cosa de honra gastar poco y no dar gaje ni entretenimiento a caballero ni persona de cuenta, sino gastar lo que tienen en cosas que ni sirven a Dios ni el Rey, ni aprovechan a nadie" (*Sermón de Aljubarrota*, p. 63).

[276] *Vid.* p. 147, n. 257.

[277] Cavaliere anota: "e per ogni due mesi, bimestralmente, gli addebitarono quanto egli non avrebbe guadagnato in un anno". José Caso, en cambio, acepta la lectura de *AC*. Lope de Rueda (*Armelina*, ed. F. González Ollé, Biblioteca Anaya, 82, Salamanca, 1967, p. 130) alude a los pagos cuatrimestrales ("porque no se acostumbran sino de cuatro en cuatro meses, como a tercio de alquiler de casa"). El pasaje del *Lazarillo* podría interpretarse también "y de dos —del alquiler de la casa y del alquiler de la cama— en dos meses". (Me comunica, sin embargo, Francisco Rico que ha documentado que los pagos podían ser bimestrales).

[278] *alcanzaron*: de 'alcanzar de cuenta', "frase con que explica que alguna persona queda con acción o crédito contra

zara. Pienso que fueron doce o trece reales. [279] Y él les dio muy buena respuesta: que saldría a la plaza a trocar una pieza de a dos [280] y que a la tarde volviesen; mas su salida fue sin vuelta.

Por manera que a la tarde ellos volvieron; mas fue tarde. Yo les dije que aún no era venido. Venida la noche y él no, yo hube miedo de quedar en casa solo, y fuime a las vecinas y contéles el caso, y allí dormí.

Venida la mañana, los acreedores vuelven y preguntan por el vecino, mas... a estotra puerta. [281] Las mujeres le [282] responden:

—Veis aquí su mozo y la llave de la puerta.

Ellos me preguntaron por él, y díjele que no sabía adónde estaba y que tampoco había vuelto a casa desde que salió a trocar la pieza, y que pensaba que de mí y de ellos se había ido con el trueco.

De que esto me oyeron, van por un alguacil y un escribano. Y helos do vuelven luego con ellos, y toman la llave, y llámanme, y llaman testigos, y abren la puerta, y entran a embargar la hacienda de mi amo hasta ser pagados de su deuda. Anduvieron toda la casa, y halláronla desembarazada, como he contado, y dícenme:

—¿Qué es de la hacienda de tu amo: sus arcas y paños de pared y alhajas [283] de casa?

—No sé yo eso —le respondí.

---

otra, por no haberle pagado enteramente lo que debía" (*Aut.*). Es chiste no infrecuente: "Puede ser mayor afrente, / pudiéndole haber de lance, / perder al postrero lance / la gloria por dar la cuenta, / tan sin cuenta, en el alcance" (Gregorio Silvestre, *Las Obras*, Granada, 1582, f. 233v).

[279] Es cantidad pequeña. Por ejemplo, en Alcalá, hacia 1530, el alquiler de una casa oscilaba de 25 a 150 reales (Antonio de la Torre, "La casa de Nebrija en Alcalá", *Miscelánea Nebrija*, I, Madrid, CSIC, 1946, pp. 174-182).

[280] *de a dos*: de dos castellanos de oro (unos 30 reales).

[281] "A esotra puerta que ésa no se abre" (Correas).

[282] *le*: 'les'. Para el uso del singular por el plural *vid.* p. 107, n. 102.

[283] *alhajas*: "lo que comúnmente llaman en casa colgaduras, tapicería, camas, sillas, bancos, mesas... Y no viene debajo de apelación de alhaja el oro, plata o vestidos" (*Cov.*).

—Sin duda —dicen ellos— esta noche lo deben de haber alzado y llevado a alguna parte. Señor alguacil, prended a este mozo, que él sabe dónde está.

En esto vino el alguacil y echóme mano por el collar [284] del jubón, diciendo:

—Mochacho, tú eres preso si no descubres los bienes deste tu amo.

Yo, como en otra tal no me hubiese visto (porque asido del collar sí había sido muchas y infinitas veces, mas era mansamente dél trabado, para que mostrase el camino al que no vía), yo hube mucho miedo, y, llorando, prometíle de decir lo que me preguntaban.

—Bien está —dicen ellos—. Pues di todo lo que sabes y no hayas temor.

Sentóse el escribano en un poyo para escrebir el inventario, preguntándome qué tenía.

—Señores —dije yo—, lo que éste mi amo tiene, según él me dijo, es un muy buen solar de casas y un palomar derribado.

—Bien está —dicen ellos—; por poco que eso valga, hay para nos entregar de la deuda. ¿Y a qué parte de la ciudad tiene eso? —me preguntaron.

—En su tierra —les respondí.

—Por Dios, que está bueno el negocio —dijeron ellos—, ¿y adónde es su tierra?

—De Castilla la Vieja me dijo él que era —le dije yo.

Riéronse mucho el alguacil y el escribano, diciendo:

—Bastante relación es ésta para cobrar vuestra deuda, aunque mejor fuese.

Las vecinas, que estaban presentes, dijeron:

—Señores, éste es un niño inocente y ha pocos días que está con ese escudero, y no sabe dél más que vuestras mercedes, sino cuanto el pecadorcico se llega aquí a nuestra casa, y le damos de comer lo que podemos por amor de Dios, y a las noches se iba a dormir con él.

[284] *collar*: 'cuello'.

Vista mi inocencia, dejáronme, dándome por libre. Y el alguacil y el escribano piden al hombre y a la mujer sus derechos. Sobre lo cual tuvieron gran contienda y ruido. Porque ellos alegaron no ser obligados a pagar, pues no había de qué ni se hacía el embargo. Los otros decían que habían dejado de ir a otro negocio que les importaba más por venir a aquél.

Finalmente, después de dadas muchas voces, al cabo carga un porquerón [285] con el viejo alfamar de la vieja, aunque no iba muy cargado. Allá van todos cinco dando voces. No sé en qué paró: creo yo que el pecador alfamar pagara por todos. Y bien se [le] empleaba, pues el tiempo que había de reposar y descansar de los trabajos pasados se andaba alquilando.

Así, como he contado, me dejó mi pobre tercero amo, do acabé de conoscer mi ruin dicha, pues, señalándose todo lo que podría contra mí, hacía mis negocios tan al revés, que los amos, que suelen ser dejados de los mozos, en mí no fuese ansí, mas que mi amo me dejase y huyese de mí.

---

285 *porquerón*: "el corchete o ministro de justicia que prende los delincuentes y malhechores y los lleva agarrados a la cárcel" (*Aut.*).

CÓMO LÁZARO SE ASENTÓ CON UN FRAILE DE LA MERCED Y DE LO QUE LE ACAESCIÓ CON ÉL

HUBE de buscar el cuarto, y éste fue un fraile de la Merced, [286] que las mujercillas que digo me encaminaron. Al cual ellas le llamaban pariente. [287] Gran enemigo del coro y de comer en el convento, perdido por andar fuera, amicísimo de negocios seglares y visitar. Tanto, que pienso que rompía él

---

[286] *Cf.* Hurtado de Toledo (*Relación de Toledo*, p. 552): "El último monasterio de frailes de Sancta Caterina de Nuestra Señora de la Merced y Redempción de cautivos: cae en la parroquia de Sancta Leocadia... Habitan en él veinte y cinco frailes, y son pobrísimos mendicantes". Y Pedro de Alcocer (*Historia o descripción de la imperial cibdad de Toledo*, Toledo, 1554, f. 113 *b*): "[Santa Catalina fue reformada en 1450] y desde entonces comenzaron estos religiosos a tener más anchura y más sustentación; aunque todavía viven sobria y templadamente". Comenta Bataillon: "Parece significativo que el monje del tratado IV sea un fraile de la Merced, Orden que, en el Nuevo Mundo, presentaba un contraste escandaloso con las órdenes misioneras, por su falta de espíritu evangélico, y que, según el obispo de Guatemala, más valdría haber expulsado de América" (*Novedad*, p. 20). Fred Abrams ("A Note on the Mercedarian Friar in the *L. de T.*", *Romance Notes*, XI [1969],

más zapatos que todo el convento. Este me dio los primeros zapatos que rompí en mi vida; mas no me duraron ocho días, ni yo pude con su trote [288] durar más. Y por esto, y por otras cosillas que no digo salí dél. [289]

---

pp. 444-46) cree que, como los mercedarios y trinitarios eran intermediarios o 'terceros' en la redención de cautivos, en el *Lazarillo* se aludiría irónicamente al oficio celestinesco del fraile, redentor de los prisioneros de amor. Es probable que, como se deduce de la referencia de Pedro de Alcocer, el monasterio de Santa Catalina no tuviera en Toledo excesiva buena fama. Quizá no haya ningún ataque directo a la Orden: Lázaro sería rescatado de su 'cautiverio', irónicamente, por un fraile de la Merced. Adviértase, no obstante, que la edición de Alcalá suprimió la referencia precisa a la Orden.

[287] *Cf.* Villalobos (*Algunas obras*, p. 61): "debe haber veinte años bienaventurados que ella es manceba de un clérigo bien honrado y gordo, el cual (santa gloria haya) la llamaba sobrina".

[288] *Cf.*: "*Trotar* las mujeres es andar de priesa divagando por todas partes del lugar" (*Cov.*).

[289] *algunas cosillas que no digo*: "podía dejar suponer lo peor sobre las relaciones de tal amo con su joven criado" (Bataillon, *Novedad y fecundidad*, p. 72).

TRATADO QUINTO [290]

CÓMO LÁZARO SE ASENTÓ CON UN BULDERO _pardoner_
Y DE LAS COSAS QUE CON ÉL PASÓ

EN el quinto por mi ventura di, que fue un buldero, el más desenvuelto y desvergonzado, y el mayor echador dellas que jamás yo vi ni ver espero, ni pienso que nadie vio. Porque tenía y buscaba modos y maneras y muy sotiles invenciones.

En entrando en los lugares do habían de presentar la bula, [291] primero presentaba [292] a los clérigos o curas algunas cosillas, no tampoco de mucho valor ni substancia: una lechuga murciana, si era por el tiempo; un par de limas o naranjas; un melocotón; un par de duraznos; cada sendas peras verdiniales. [293] Ansí procuraba tenerlos propicios, porque favoresciesen su negocio y llamasen sus feligreses a tomar la bula.

---

[290] Para la función de este episodio, _vid._ Introduc., p. 31.
[291] _presentar la bula_: "Predicar un sermón en que se explica qué es y para qué sirve la bula" (C. Castro, _L. de T._, p. 91).
[292] _presentaba_: daba como presente.
[293] Es decir, a cada uno una pera que conserva el color verde aun después de madurar.

Ofreciéndosele a él las gracias, [294] informábase de la suficiencia dellos. Si decían que entendían, no hablaba en latín, por no dar trópezón; mas aprovechábase de un gentil y bien cortado romance y desenvoltísima lengua. Y si sabían que los dichos clérigos eran de los reverendos (digo, que más con dineros que con letras, y con reverendas [295] se ordenan), hacíase entre ellos un sancto Tomás y hablaba dos horas en latín. A lo menos, que lo parescía, aunque no lo era.

Cuando por bien no le tomaban las bulas, buscaba cómo por mal se las tomasen. Y para aquello hacía molestias al pueblo, e otras veces con mañosos artificios. [296] Y porque todos los que le veía hacer sería largo de contar, diré uno muy sotil y donoso, con el cual probaré bien su suficiencia. [297]

---

[294] "Todos los editores modernos consultados ponen punto final después de *bula,* con lo que a la clásula de gerundio siguiente la hacen depender de *informábase;* en mi opinión así carece de sentido, aunque Castro interprete: 'Cuando venían a darle las gracias, informábase...'. Con mi puntuación [*gracias. Informábase*] queda de relieve el juego malicioso de *gracias:* las gracias materiales (su negocio) se las ofrecían a él" (Caso, pp. 131-2, n. 5). Es posible que la interpretación de Caso sea válida, puesto que los tres textos escriben "bulla ofreciéndosele", sin 'coma'; pero tampoco colocan 'punto' antes de *informábase,* sino 'coma'. Yo me inclino por la puntuación de los editores modernos.

[295] Juega con la doble acepción de la palabra *reverendos* 'circunspectos', 'respetables', y 'ordenados *con reverendas*' que son "unas cartas dimisorias, en las cuales un obispo u prelado da facultad a su súbdito para recibir órdenes de otro" (*Aut.*).

[296] *Cf. Sermón de Aljubarrota,* p. 46 *b:* "y porque yo creo que jamás salió de Palacios de los Meneses *echacuervo* que tantos ni tan desaforados fieros y amenazas, desgarros y desatinos hiciese cuando predicando la Bula de Cruzada vía que ningún villano se escribía". Más ejemplos de bulderos similares, en Pinedo, *Liber facetiarum,* pp. 99 *a* y 107.

[297] Se han propuesto varios modelos del engaño del buldero, como Boccaccio, Sercambi di Luca, *Till Eulenspiegel,* en la versión flamenca del *Liber Vagatorum* (1547); pero, al parecer, el autor del *Lazarillo* tuvo presente la novela cuarta del *Novellino* de Masuccio, propuesto ya por Morel-Fatio. Véase ahora J. V. Ricapito ("*L. de T.* (Chap. V) and Masuccio's Fourth *Novella*", RPhi, XXIII [1970], pp. 305-311) que recoge lo dicho por la crítica sobre las fuentes de este episodio.

En un lugar de la Sagra de Toledo [298] había predicado dos o tres días, haciendo sus acostumbradas diligencias, y no le habían tomado bula, ni a mi ver tenían intención de se la tomar. Estaba dado al diablo con aquello, y pensando qué hacer, se acordó de convidar [299] al pueblo para otro día [300] de mañana despedir la bula.

Y esa noche, después de cenar, pusiéronse a jugar la colación [301] él y el alguacil. [302] Y sobre el juego vinieron a reñir y a haber malas palabras. El llamó al alguacil ladrón, y el otro a él falsario. Sobre esto, el señor comisario, mi señor, tomó un lanzón que en el portal do jugaban estaba. El alguacil puso mano a su espada, que en la cinta tenía.

Al ruido y voces que todos dimos, acuden los huéspedes y vecinos, y métense en medio. Y ellos, muy enojados, procurándose de desembarazar de los que en medio estaban para se matar. Mas como la gente al gran ruido cargase, y la casa estuviese llena della, viendo que no podían afrentarse con las armas, decíanse palabras injuriosas, entre las cuales el alguacil dijo a mi amo que era falsario y las bulas que predicaba que eran falsas.

Finalmente, que los del pueblo, viendo que no bastaban a ponellos en paz, acordaron de llevar el alguacil de la posada a otra parte. Y así quedó mi amo muy enojado. Y después que los huéspedes y vecinos le hubieron rogado que perdiese el enojo, y se fuese a dormir, se fue, y así nos echamos todos.

---

[298]   *Sagra de Toledo*: región al nordeste de Toledo.
[299]   *convidar*: "para honras y acompañamientos, rogalles que se hallen presentes" (*Cov.*).
[300]   *otro día*: al día siguiente.
[301]   *colación*: "la confitura o bocado que se da para beber" (*Cov.*).
[302]   La presencia de este alguacil ha hecho suponer a algunos críticos, como Gillet ("A note on the *L. de T.*", *MLN*, LV [1940], p. 133), que el tratado era más extenso y se modificó para insertarlo en este lugar. *Vid*. F. Rico (*NPE*, p. 68, n. 8 *bis*), que documenta la presencia habitual de alguaciles como acompañantes de bulderos, por lo que el pasaje queda perfectamente claro.

La mañana venida, mi amo se fue a la iglesia y mandó tañer a misa y al sermón para despedir la bula. Y el pueblo se juntó, el cual andaba murmurando de las bulas, diciendo cómo eran falsas y que el mesmo alguacil, riñendo, lo había descubierto. De manera que, tras que tenían mala gana de tomalla, con aquello del todo la aborrescieron.

El señor comisario se subió al púlpito, y comienza su sermón, y a animar la gente a que no quedasen sin tanto bien y indulgencia como la sancta bula traía.

Estando en lo mejor del sermón, entra por la puerta de la iglesia el alguacil, y desque hizo oración, levantóse, y con voz alta y pausada, cuerdamente comenzó a decir:

—Buenos hombres, oídme una palabra, que después oiréis a quien quisiéredes. Yo vine aquí con este echacuervo [303] que os predica, el cual me engaño, y dijo que le favoresciese en este negocio, y que partiríamos la ganancia. Y agora, visto el daño que haría a mi consciencia y a vuestras haciendas, arrepentido de lo hecho, os declaro claramente que las bulas que predica son falsas y que no le creáis ni las toméis, y que yo, *directe* ni *indirecte*, [304] no soy parte en ellas, y que desde agora dejo la vara y doy con ella en el suelo. [305] Y si en algún tiempo éste fuere castigado por la falsedad, que vosotros me seáis testigos cómo yo no soy con él ni le doy a ello ayuda, antes os desengaño y declaro su maldad. Y acabó su razonamiento.

Algunos hombres honrados que allí estaban se quisieron levantar y echar el alguacil fuera de la iglesia, por evitar escándalo. Mas mi amo les fue a la mano [306] y mandó a todos que, so pena de excomunión, no le

---

303 *echacuervo*: "Los que con embelecos y mentiras engañan los simples por vender sus ungüentos, aceites, yerbas, piedras y otras cosas que traen que dicen tener grandes virtudes naturales" (*Cov.*). La voz se aplicó, sobre todo, a los bulderos.

304 Es fórmula jurídica de uso normal: "viniendo dello *directe* o *indirecte* provecho a su monasterio" (Rodríguez, *Suma de casos de conciencia*, Salamanca, 1603, I, p. 113).

305 Es decir: "renuncio al cargo de alguacil".

306 *les fue a la mano*: "estorbarle y contradecirle" (*Cov.*).

estorbasen, mas que le dejasen decir todo lo que quisiese. Y ansí él también tuvo silencio mientras el alguacil dijo todo lo que he dicho.

Como calló, mi amo le preguntó si quería decir más,
que lo dijese.

El alguacil dijo:

—Harto hay más que decir de vos y de vuestra falsedad; mas por agora basta.

El señor comisario se hincó de rodillas en el púlpito,
y puestas las manos [307] y mirando al cielo, dijo ansí:

—Señor Dios, a quien ninguna cosa es escondida,
antes todas manifiestas, y a quien nada es imposible, antes todo posible: tú sabes la verdad y cuán injusta-
mente yo soy afrentado. En lo que a mí toca, yo lo
perdono, porque tú, Señor, me perdones. No mires a
aquel que no sabe lo que hace ni dice; mas la injuria
a ti hecha te suplico, y por justicia te pido, no disimules; porque alguno que está aquí, que por ventura
pensó tomar aquesta sancta bula, dando crédito a las
falsas palabras de aquel hombre lo dejará de hacer, y,
pues es tanto perjuicio del prójimo, te suplico yo, Señor, no lo disimules, mas luego muestra aquí milagro,
y sea desta manera: que si es verdad lo que aquél
dice y que yo traigo maldad y falsedad, este púlpito
se hunda comigo [308] y meta siete estados [309] debajo de
tierra, do él ni yo jamás parezcamos; y si es verdad
lo que yo digo y aquél, persuadido del demonio (por
quitar y privar a los que están presentes de tan gran
bien), dice maldad, también sea castigado y de todos
conoscida su malicia.

Apenas había acabado su oración el devoto señor
mío, cuando el negro alguacil cae de su estado, y da

---

[307] *puestas las manos*: "juntarlas para orar y rogar a Dios
pidiendo misericordia" (Correas).

[308] *Cf. Números*, 16, 30: "Mas si Jehová hiciere una nueva
cosa y la tierra abriese su boca y los tragare con todas sus cosas
y descendieren vivos al abismo, entonces conoceréis que estos
hombres imitaron a Jehová" (*ap.* C. Guillén, *L. de T.*, n. 365).

[309] *estado*: "cierta medida de la estatura regular que tiene
el hombre, y de ordinario la profundidad de los pozos u otra
cosa honda se mide por estados" (*Aut.*).

tan gran golpe en el suelo, que la iglesia toda hizo resonar, y comenzó a bramar y echar espumajos por la boca y torcella y hacer visajes con el gesto, [310] dando de pie y de mano, revolviéndose por aquel suelo a una parte y a otra.

El estruendo y voces de la gente era tan grande, que no se oían unos a otros. Algunos estaban espantados y temerosos.

Unos decían: "El Señor le socorra y valga." Otros: "Bien se le emplea, pues levantaba tan falso testimonio."

Finalmente, algunos que allí estaban, y a mi parescer no sin harto temor, se llegaron y le trabaron de los brazos, con los cuales daba fuertes puñadas a los que cerca dél estaban. Otros le tiraban por las piernas, y tuvieron reciamente, porque no había mula falsa en el mundo que tan recias coces tirase. Y así le tuvieron un gran rato. Porque más de quince hombres estaban sobre él, y a todos daba las manos llenas, [311] y, si se descuidaban, en los hocicos.

A todo esto, el señor mi amo estaba en el púlpito de rodillas, las manos y los ojos puestos en el cielo, transportado en la divina esencia, que el planto y ruido y voces que en la iglesia había no eran parte para apartalle de su divina contemplación.

Aquellos buenos hombres llegaron a él, y dando voces le despertaron, y le suplicaron quisiese socorrer a aquel pobre, que estaba muriendo, y que no mirase a las cosas pasadas ni a sus dichos malos, pues ya dellos tenía el pago; mas si en algo podría aprovechar para librarle del peligro y pasión que, padescía, por amor de Dios lo hiciese, pues ellos veían clara la culpa del culpado, y la verdad y bondad suya, pues a su petición y venganza el Señor no alargó el castigo.

---

310 *gesto*: 'rostro'.
311 Juega aquí el autor con el sentido literal —mano/hocico— y el de la frase hecha que significa "dar con liberalidad, en abundancia". *Cf.* Alonso Enríquez (*La vida*, p. 49 *b*): "Yo, como no soy falto desto [de requiebros amorosos] por la miseración divina, acordé de darle *las manos llenas* y ansí *hiciera lo demás*, si ella quisiera, aunque era fea".

El señor comisario, como quien despierta de un dulce sueño, los miró, y miró al delincuente y a todos los que alderredor estaban, y muy pausadamente les dijo:

—Buenos hombres, vosotros nunca habíades de rogar por un hombre en quien Dios tan señaladamente se ha señalado; [312] mas, pues El nos manda que no volvamos mal por mal, y perdonemos las injurias, [313] con confianza podremos suplicarle que cumpla lo que nos manda y Su Majestad perdone a éste, que le ofendió poniendo en su sancta fe obstáculo. Vamos todos a suplicalle.

Y así, bajó del púlpito y encomendó a que muy devotamente suplicasen a Nuestro Señor tuviese por bien de perdonar a aquel pecador y volverle en su salud y sano juicio, y lanzar dél el demonio, si Su Majestad había permitido que por su gran pecado en él entrase.

Todos se hincaron de rodillas, y delante del altar, con los clérigos, comenzaban a cantar con voz baja una letanía. Y viniendo él con la cruz y agua bendita, después de haber sobre él cantado, el señor mi amo, puestas las manos al cielo y los ojos que casi nada se le parescía sino un poco de blanco, [314] comienza una oración no menos larga que devota, con la cual hizo llorar a toda la gente (como suelen hacer en los sermones de Pasión, [315] de predicador y auditorio devoto), suplicando a Nuestro Señor, pues no quería la muerte del pecador, sino su vida y arrepentimiento, [316] que aquel en-

---

[312] *señalado*: 'manifestado'.

[313] "Adviértase que la circunstancia en que el buldero se halla obliga a pensar en un muy concreto pasaje del Evangelio de San Marcos, XI, 25: Et *cum stabitis ad orandum*, dimitte si quid habetis adversus aliquem" (F. Rico, *NPE*, p. 72, n. 17).

[314] *Cf.* Feliciano de Silva (*Segunda Celestina*, p. 121): "los ojos en el jarro, tan de revés por miralla, que, así goce yo cosa, sino lo blanco dellos se le parescía".

[315] *Cf.* Pinedo (*Liber facetiarum*, p. 108): "Otro portugués predicaba la Pasión, y como los oyentes llorasen y lamentasen y se diesen de bofetones y hiciesen mucho sentimiento, dijo el portugués: 'Señores, non lloredes ni toméis pasión, que quizá no será verdad'".

[316] *Cf. Ezequiel*, 33, 11: "que no quiero la muerte del impío, sino que se torne el impío de su camino y viva", y *Pedro*, 3, 9: "El Señor... es paciente con nosotros, no queriendo que

caminado por el demonio y persuadido de la muerte
y pecado, le quisiese perdonar y dar vida y salud, para
que se arrepintiese y confesase sus pecados.

Y esto hecho, mandó traer la bula y púsosela en la
cabeza. Y luego el pecador del alguacil comenzó, poco
a poco, a estar mejor y tornar en sí. Y desque fue bien
vuelto en su acuerdo, echóse a los pies del señor comisario y demandóle perdón; y confesó haber dicho
aquello por la boca y mandamiento del demonio, lo
uno, por hacer a él daño y vengarse del enojo; lo otro,
y más principal, porque el demonio reciba mucha pena
del bien que allí se hiciera en tomar la bula.

El señor mi amo le perdonó, y fueron hechas las
amistades entre ellos. Y a tomar la bula hubo tanta
priesa, que casi ánima viviente en el lugar no quedó sin
ella, marido y mujer, y hijos y hijas, mozos y mozas.

Divulgóse la nueva de lo acaescido por los lugares
comarcanos, y, cuando a ellos llegábamos, no era menester sermón ni ir a la iglesia, que a la posada la
venían a tomar, como si fueran peras que se dieran de
balde. De manera que, en diez o doce lugares de aquellos alderredores donde fuimos, echó el señor mi amo
otras tantas mil bulas sin predicar sermón.

Cuando él hizo el ensayo, [317] confieso mi pecado que
también fui dello espantado, y creí que ansí era, como
otros muchos; mas con ver después la risa y burla que
mi amo y el alguacil llevaban y hacían del negocio,
conoscí cómo había sido industriado por el industrioso
y inventivo de mi amo. [318]

Acaesciónos en otro lugar, el cual no quiero nom-
brar por su honra, lo siguiente, y fue que mi amo
predicó dos o tres sermones, y dó a Dios la bula toma-
ban. Visto por el astuto de mi amo lo que pasaba, y

---

ninguno perezca, sino que todos procedan al arrepentimiento".
Era, además, una fórmula, como bien anota C. Guillén (*L. de
T.*, n. 376), utilizada por la Inquisición cuando quería perdonar
la vida del encausado.
317   *ensayo*: 'engaño', *vid*. p. 102, n. 84.
318   Alcalá añade lo que intercalamos en cursiva.

que aunque decía se fiaban por un año no aprovechaba, y que estaban tan rebeldes en tomarla, y que su
trabajo era perdido, hizo tocar las campanas para des-
pedirse, y hecho su sermón y despedido desde el púlpito, ya que se quería abajar, llamó al escribano y a
mí, que iba cargado con unas alforjas, y hízonos llegar
al primer escalón, y tomó al alguacil las que en las
manos llevaba, y las que yo tenía en las alforjas púso-
las junto a sus pies, y tornóse a poner en el púlpito
con cara alegre, y arrojar desde allí, de diez en diez
y de veinte en veinte, de sus bulas hacia todas partes,
diciendo:

—Hermanos míos, tomad, tomad de las gracias que
Dios os envía hasta vuestras casas, y no os duela, pues
es obra tan pía la redempción de los cautivos cristianos que están en tierra de moros, porque no renieguen
nuestra sancta fe y vayan a las penas del infierno,
siquiera ayudaldes con vuestra limosna, y con cinco
Pater nostres y cinco Ave marías, para que salgan de
cautiverio. Y aun también aprovechan para los padres
y hermanos y deudos que tenéis en el Purgatorio, como
lo veréis en esta sancta bula.

Como el pueblo las vio ansí arrojar, como cosa que
la daba de balde y ser venida de la mano de Dios,
tomaban a más tomar, aun para los niños de la cuna
y para todos sus defunctos contando desde los hijos
hasta el menor criado que tenían, contándolos por los
dedos. Vímonos en tanta priesa, que a mí aínas me
acabaron de romper un pobre y viejo sayo que traía;
de manera que certifico a Vuestra Merced que en poco
más de un hora no quedó bula en las alforjas, y fue
necesario ir a la posada por más.

Acabados de tomar todos, dijo mi amo desde el púlpito a su escribano y al del Consejo que se levantasen,
y para que se supiese quién eran los que habían de
gozar de la sancta indulgencia y perdones de la sancta
bula y para que él diese buena cuenta a quien le había
enviado, se escribiesen.

Y así, luego todos de muy buena voluntad decían las que habían tomado, contando por orden los hijos y criados y defunctos.

Hecho su inventario, pidió a los alcaldes que, por caridad, porque él tenía que hacer en otra parte, mandasen al escribano le diese autoridad del inventario y memoria de las que allí quedaban, que, según decía el escribano, eran más de dos mil.

Hecho esto, él se despedió con mucha paz y amor, y ansí nos partimos deste lugar. Y aun antes que nos partiésemos, fue preguntando él por el teniente cura del lugar y por los regidores si la bula aprovechaba para las criaturas que estaban en el vientre de sus madres.

A lo cual él respondió que, según las letras que él había estudiado, que no, que lo fuesen a preguntar a los doctores más antiguos que él, y que esto era lo que sentía en este negocio.

E ansí nos partimos, yendo todos muy alegres del buen negocio. Decía mi amo al alguacil y escribano:

—¿Qué os paresce, cómo a estos villanos, que con sólo decir cristianos viejos somos, sin hacer obras de caridad se piensan salvar, sin poner nada de su hacienda? Pues, ¡por vida del licenciado Pascasio Gómez, que a su costa se saquen más de diez cautivos!

Y ansí nos fuimos hasta otro lugar de aquel cabo de Toledo, hacia la Mancha, que se dice, adonde topamos otros más obstinados en tomar bulas. Hechas mi amo y los demás que íbamos nuestras diligencias, en dos fiestas que allí estuvimos no se habían echado treinta bulas.

Visto por mi amo la gran perdición y la mucha costa que traía, y el ardideza que el sotil de mi amo tuvo para hacer desprender sus bulas fue que este día dijo la misa mayor, y después de acabado el sermón y vuelto al altar, tomó una cruz que traía de poco más de un palmo, y en un brasero de lumbre que encima del altar había (el cual habían traído para calentarse las manos, porque hacía gran frío), púsole detrás del misal, sin que nadie mirase en ello. Y allí, sin decir nada,

puso la cruz encima la lumbre, y ya que hubo acabado
la misa y echada la bendición, tomóla con un pañizuelo
bien envuelta la cruz en la mano derecha y en la otra
la bula, y ansí se bajó hasta la postrera grada del altar,
adonde hizo que besaba la cruz. Y hizo señal que vinie-
sen adorar la cruz. Y ansí vinieron los alcaldes los primeros y los más ancianos del lugar, viniendo uno a
uno, como se usa.

Y el primero que llegó, que era un alcalde viejo,
aunque él le dio a besar la cruz bien delicadamente, se
abrasó los rostros ['labios'] y se quitó presto a fuera.
Lo cual visto por mi amo, le dijo.

—¡Paso quedo, señor alcalde! ¡Milagro!

Y ansí hicieron otros siete o ocho. Y a todos les
decía:

—¡Paso, señores! ¡Milagro!

Cuando él vido que los rostriquemados bastaban para
testigos del milagro, no la quiso dar más a besar. Su-
bióse al pie del altar y de allí decía cosas maravillosas,
diciendo que por la poca caridad que había en ellos había Dios permitido aquel milagro, y que aquella cruz
había de ser llevada a la sancta iglesia mayor de su
obispado, que por la poca caridad que en el pueblo
había, la cruz ardía.

Fue tanta la prisa que hubo en el tomar de la bula,
que no bastaban dos escribanos ni los clérigos ni sacris-
tanes a escribir. Creo de cierto que se tomaron más de
tres mil bulas, como tengo dicho a Vuestra Merced.

Después, al partir, él fue con gran reverencia, como
es razón, a tomar la sancta cruz, diciendo que la había
de hacer engastonar en oro, como era razón. Fue rogado mucho del Concejo y clérigos del lugar les dejase
allí aquella sancta cruz, por memoria del milagro allí
acaescido. Él en ninguna manera lo quería hacer, y al
fin, rogado de tantos, se la dejó; con que le dieron
otra cruz vieja que tenían, antigua, de plata, que podrá pesar dos o tres libras, según decían.

Y ansí nos partimos alegres con el buen trueque y con haber negociado bien. En todo no vio nadie lo suso dicho sino yo. Porque me subí a par del altar para ver si había quedado algo en las ampollas, para ponello en cobro, como otras veces yo lo tenía de costumbre, y como allí me vio, púsose el dedo en la boca, haciéndome señal que callase. Yo ansí lo hice, porque me cumplía, aunque después que vi el milagro no cabía en mí por echallo fuera, sino que el temor de mi astuto amo no me lo dejaba comunicar con nadie, ni nunca de mí salió. Porque me tomó juramento que no descubriese el milagro, y ansí lo hice hasta agora.

Y aunque mochacho, cayóme mucho en gracia y dije entre mí: "¡Cuántas déstas deben hacer estos burladores entre la inocente gente!"

Finalmente, estuve con este mi quinto amo cerca de cuatro meses, en los cuales pasé también hartas fatigas. [319]

---

[319] Alcalá añade: "*fatigas*, aunque me daba bien de comer, a costa de los curas y otros clérigos do iba a predicar".

CÓMO LÁZARO SE ASENTÓ CON UN CAPELLÁN Y LO QUE CON ÉL PASÓ

DESPUÉS desto, asenté con un maestro de pintar panderos [320] para molelle los colores, y también sufrí mil males.

Siendo ya en este tiempo buen mozuelo, entrando un día en la iglesia mayor, un capellán della me recibió por suyo. Y púsome en poder un asno y cuatro cántaros, y un azote, y comencé a echar agua por la cibdad. Este fue el primer escalón que yo subí para

[320] "La fugitiva alusión al pintor servido por Lázaro nos intriga menos cuando recordamos que el pillo de Till Ulenspiegel engañó al landgrave de Hesse haciéndose pasar por pintor, y que se dio la gran vida a sus expensas con los compañeros que teóricamente deberían haberle preparado los colores. Más aún, la comparación de dos curiosos proverbios —*Según sea el dinero será el pandero* y *Quien tiene dineros pinta panderos*— permite imaginar una vieja historieta española, paralela a la de Ulenspiegel, en la cual un falso pintor de panderos habría engañado a una humilde clientela pueblerina, haciéndose, él también, pagar por adelantado" (Bataillon, *Novedad y fecundidad*, pp. 65-66; vid. también las objeciones de M. J. Asensio, "Más sobre el *Lazarillo de Tormes*", HR, XXVIII [1960], p. 249). La voz *pintapanderos* tenía significado despectivo —"ser un cualquiera"— (vid. Paul M. Lloyd, *Verb-Complement Compounds in*

venir a alcanzar buena vida, porque mi boca era medida. [321] Daba cada día a mi amo treinta maravedís ga-
nados, y los sábados ganaba para mí, y todo lo demás,
entre semana, de treinta maravedís.

Fueme tan bien en el oficio, que al cabo de cuatro
años que lo usé, con poner en la ganancia buen recau-
do, ahorré para me vestir muy honradamente de la
ropa vieja. De la cual compré un jubón de fustán [322]
viejo y un sayo raído, de manga tranzada [323] y puerta, [324]
y una capa que había sido frisada, y una espada de las
viejas primeras de Cuéllar. [325] Desque me vi en hábito
de hombre de bien, [326] dije a mi amo se tomase su asno,
que no quería más seguir aquel oficio.

Spanish, Tübingen, 1968, p. 37); pero por los proverbios anteriores y el siguiente texto de la *Pícara Justina* (*Novela Picaresca*,
ed. A. Valbuena Prat, p. 734): "Siempre engendra un bailador /
el padre tamborilero, / pero siempre con un fuero: / que si
acaso da en señor / se torna siempre a pandero", se deduce que
el *pandero*, o bien no es un instrumento musical, o éste y su
pintura tenían íntima relación con la nobleza de una familia.
Sería, por tanto, una anticipación del tema de la honra de tanta
importancia en este *Tratado*.

[321] Los aguadores voceaban su mercancía y Lázaro lo hacía
muy bien ("mi boca era medida"). Es una anticipación del oficio
de pregonero que alcanzará en el último Tratado. *Cf.* este pasaje
con el siguiente de Alonso Enríquez (*La vida*, p. 88 *a*) puesto
en boca de un mesonero: "Sola una cosa no dejaré de decir:
que hay muchos que son más para machos de recueros que
para gobernadores y verlos heis con unas hopalandas de seda,
unos asistentes, otros corregidores, otros tinientes. Y los que
algo saben están al rincón, y aun vienen a parar a ser aguadores
o mesoneros, como yo".

[322] *fustán*: "cierta tela de algodón con que se acostumbra a
forrar los vestidos" (*Cov.*).

[323] *tranzada*: trenzada.

[324] Abierto por delante.

[325] *Cuéllar*: ciudad de la provincia de Segovia famosa por la
fabricación de espadas, y allí tenía el taller el célebre Antonio
mencionado en la p. 136, n. 206.

[326] *Cf.* Mal Lara (*Philosophía Vulgar*, IV, p. 96): "Pero hay
otras ciudades sin orden, donde todos andan tan bien vestidos,
que de igualdad no se conoscen, y donde el ruin linaje con dos
varas de seda encubre su mal y lo tienen por caballero".

CÓMO LÁZARO SE ASENTÓ CON UN ALGUACIL Y DE LO QUE LE ACAESCIÓ CON ÉL

Despedido del capellán, asenté por hombre de justicia con un alguacil. Mas muy poco viví con él, por parescerme oficio peligroso. Mayormente, que una noche nos corrieron a mí y a mi amo a pedradas y a palos unos retraídos. [327] Y a mi amo, que esperó, trataron mal, mas a mí no me alcanzaron. Con esto renegué del trato.

Y pensando en qué modo de vivir haría mi asiento, por tener descanso y ganar algo para la vejez, quiso Dios alumbrarme, y ponerme en camino y manera provechosa. Y con favor que tuve de amigos y señores, todos mis trabajos y fatigas hasta entonces pasados [328] fueron pagados con alcanzar lo que procuré: que fue

---

[327] *retraídos*: los que cometían un delito y se refugiaban —'retraían'— en una iglesia, en donde no podía entrar la justicia.

[328] *Cf.* Alonso Enríquez (*La vida*, p. 140 *a*): "Entonces daré por bien empleados mis trabajos, aunque han sido muy grandes y espantables y peligrosos".

un oficio real, viendo que no hay nadie que medre, sino los que le tienen.

En el cual el día de hoy vivo y resido a servicio de Dios y de Vuestra Merced. Y es que tengo cargo de pregonar los vinos que en esta ciudad se venden, [329] y en almonedas y cosas perdidas; acompañar los que padecen persecuciones por justicia y declarar a voces sus delictos: pregonero, [330] hablando en buen romance. [331]

En el cual oficio, un día que ahorcábamos un apañador en Toledo, y llevaba una buena soga de esparto, conoscí y caí en la cuenta de la sentencia que aquel mi ciego amo había dicho en Escalona, y me arrepentí del mal pago que le di, por lo mucho que me enseñó. Que, después de Dios, él me dio industria para llegar al estado que ahora estó.

Hame sucedido tan bien, yo le he usado tan fácilmente, que casi todas las cosas al oficio tocantes pasan por mi mano. Tanto, que, en toda la ciudad, el que ha de echar vino a vender, o algo, si Lázaro de Tormes no entiende en ello, hacen cuenta de no sacar provecho.

En este tiempo, viendo mi habilidad y buen vivir, teniendo noticia de mi persona el señor arcipreste de Sant Salvador, [332] mi señor, y servidor y amigo de Vuestra

---

329 *Cf.* Hurtado de Toledo (*Relación de Toledo,* p. 526): "herederos en la cosecha del vino hay tanta cantidad cuanto que es capaz el término de sus aldeas, y los herederos son muchos".

330 Para la vileza del oficio. *Vid.* Bataillon, *Novedad y fecundidad,* p. 67, n. 57.

331 Alcalá añade lo que intercalamos en cursiva.

332 *Cf.* Hurtado de Toledo (*Relación de Toledo,* pp. 514 y 532): "Dende allí subimos a la parroquia de Sant Salvador, la cual, aunque pequeña, es de noble gente poblada..."; "Sant Salvador es parroquia pequeña, más es de insignes y notables enterramientos; hay en ella una capilla de los Zapatas, de que al presente es patrón don Antonio de Luna, con muchas capellanías, y otra del capiscol, de la cual es patrón don Juan Zapata de Sandoval, ansí mesmo con muchas capellanías, de las cuales adelante diremos; tiene dentro en sí huerto y cimeterio y casa para el cura...".

Merced, [333] porque le pregonaba sus vinos, procuró casarme con una criada suya. Y visto por mí que de tal persona no podía venir sino bien y favor, acordé de lo hacer. Y así, me casé con ella, y hasta agora no estoy arrepentido.

Porque, allende de ser buena hija y diligente servicial, [334] tengo en mi señor acipreste todo favor y ayuda, y siempre en el año le da en veces al pie [335] de una carga de trigo; por las Pascuas, su carne; [336] y cuando el par de los bodigos, las calzas viejas que deja. [337] Y

---

[333] *Cf.* Villalobos (*Algunas obras*, p. 49): "mi mujer, criada y servidora de V. S.".

[334] *servicial*: sigo la puntuación de J. Caso (p. 142), que considera la palabra como sustantivo que significó inicialmente 'criado', y más tarde, como en *Lazarillo*, 'persona que sirve con diligencia'.

[335] *al pie*: 'cerca de'.

[336] *Cf.* Hurtado de Toledo (*Relación de Toledo*, pp. 564 y 566): "y gastan más de tres cuentos ['millones'] en curar los pobres todas las perroquias en donde viven y dalles medio y medicinas y aves, y dalles pan y carne las pascuas del año..."; "porque muchas veces un pobre diligente y solícito recibe limosnas de cinco y seis cofradías, y muchas viudas envergonzantes las pascuas se quedan sin ninguna, mayormente que aun en las obras pías el demonio pone sus adalides, para que unas limosnas se den por particulares respetos por ser mi conocida o mi criada o mis deudos o maestra a mi labor"; "reparten [las cofradías] las pascuas en las parroquias mucha limosna de pan y carne, camisas...".

[337] Los editores modernos puntúan: "por las pascuas, su carne; y cuándo ['algunas veces'] el par de los bodigos; las calzas viejas que deja". Pero esta puntuación es prácticamente impensable en el ritmo de la prosa renacentista, que tiende al isocolon. Por consiguiente yo me inclino por considerar el *cuando* con valor subordinante, correlato del *por* anterior; así, *el par de los bodigos* haría referencia a un período de tiempo similar al de las pascuas en el que los fieles entregarían al clérigo un par de bollos, pero no me ha sido posible documentar en qué festividad se hacía tal ofrenda. Podría aludir, quizá, a Pentecostés, en el que los judíos ofrendaban un par de panes (*Levítico*, 23, 6); quizás, el día del Corpus. Todo parece indicar que se trata de una fiesta que coincidía con la recogida de la cosecha y con la entrada del verano, con lo que la frase del *Lazarillo* sería entonces clara: "cuando llega el verano, el acipreste se cambia las calzas, que ha llevado durante todo el invierno y primavera, y se las da a Lázaro". Era éste regalo frecuente de amos a criados (*vid.* F. Rico, *NPE*, p. 62, n. 95 y p. 78, n. 9); no lo es tanto que estas calzas sean de un acipreste —amancebado, además, con la mujer del criado—,

hízonos alquilar una casilla par de la suya. Los domingos y fiestas casi todas las comíamos en su casa.

Mas malas lenguas, que nunca faltaron ni faltarán, no nos dejan vivir, diciendo no sé qué y sí sé qué de que veen a mi mujer irle a hacer la cama y guisalle de comer. Y mejor les ayude Dios [338] que ellos dicen la verdad. [339]

Aunque en este tiempo siempre he tenido alguna sospechu[e]la, y habido algunas malas cenas por esperalla algunas noches hasta las laudes, y aún más; y se me ha venido a la memoria lo que mi amo el ciego me dijo en Escalona, estando asido al cuerno. Aunque, de verdad, siempre pienso que el diablo me lo trae a la memoria por hacerme mal casado, y no le aprovecha.

Porque, allende de no ser ella mujer que se pague destas burlas, mi señor me ha prometido lo que pienso cumplirá. Que él me habló un día muy largo delante della y me dijo:

—Lázaro de Tormes, quien ha de mirar a dichos de malas lenguas nunca medrará. Digo esto porque no me maravillaría alguno, [340] viendo entrar en mi casa a tu mujer y salir della. Ella entra muy a tu honra y suya, y esto te lo prometo. Por tanto, no mires a lo que puedan decir, sino a lo que te toca, [341] digo, a tu provecho.

—Señor —le dije—, yo determiné de arrimarme a los buenos. Verdad es que algunos de mis amigos me han dicho algo deso, y aun por más de tres veces

---

pues sin duda tenían un color especial que no podía pasar inadvertido a las gentes de Toledo.

[338] Es frase hecha: "Mejor me ayude Dios, comadre, que yo entiendo ese latín" (Feliciano de Silva, *Segunda Celestina*, p. 87).

[339] Alcalá añade lo que intercalamos en cursiva.

[340] *alguno*: 'algún dicho', por zeugma.

[341] Parece una alusión al refrán "Honra y provecho no caben en un saco". Por lo general, 'lo que tocaba a una persona' era la honra: "que lo miren por lo que toca a mi honra" (Santa Teresa, *La vida*, p. 78): "ansí por lo que tocaba a mi alma como a mi honra" (Alonso Enríquez, *La vida*, p. 12 *b*).

me han certificado que antes que comigo casase había parido tres veces, hablando con reverencia de Vuestra Merced, [342] porque está ella delante.

Entonces mi mujer echó juramentos sobre sí, que yo pensé la casa se hundiera con nosotros. Y después tomóse a llorar y a echar maldiciones sobre quien comigo la había casado. En tal manera, que quisiera ser muerto antes que se me hubiera soltado aquella palabra de la boca. Mas yo de un cabo y mi señor de otro, tanto le dijimos y otorgamos, que cesó su llanto, con juramento que le hice de nunca más en mi vida mentalle nada de aquello, y que yo holgaba y había por bien de que ella entrase y saliese, de noche y de día, pues estaba bien seguro de su bondad. Y así quedamos todos tres [343] bien conformes.

Hasta el día de hoy nunca nadie nos oyó sobre el caso; antes, cuando alguno siento que quiere decir algo della, le atajo y le digo:

—Mirá, si sois amigo, no me digáis cosa con que me pese, que no tengo por mi amigo al que me hace pesar; mayormente, si me quiere meter mal con mi mujer, que es la cosa del mundo que yo más quiero [344] y la amo más que a mí; y me hace Dios con ella mil mercedes y más bien que yo merezco; que yo juraré sobre la hostia consagrada, que es tan buena mujer como vive dentro de las puertas de Toledo. [345] Quien

[342] *Cf.* Villalobos (*Algunas obras,* p. 3): "que os harán renegar de la puta borracha que os parió, hablando con acatamiento"; y *Cartas del Bachiller de la Arcadia* (pp. 31 y 31 *b*): "y hablando con perdón de vuestra merced"; "antes son más bestias, salvo honor de vuestra merced".

[343] *Cf.* Alonso Enríquez (*La vida,* p. 61 *a*): "Y así determinamos todos tres la partida".

[344] *Cf.* Feliciano de Silva (*Segunda Celestina,* p. 443): "Que por vida tuya, señora, ques la cosa que más quiero, que te amo más que mis entrañas".

[345] *Cf.* Hurtado de Toledo (*Relación de Toledo,* p. 498): "el excesivo número y notable cantidad de mujeres, para que se vea la continencia y honestidad de las viudas, la lealtad de las casadas, la pudicicia de las doncellas, la devoción de las monjas y piedad de beatas y religiosas..."; Pero adviértase que las prostitutas toledanas eran famosas.

otra cosa me dijere, yo me mataré con él. Desta manera no me dicen nada y yo tengo paz en mi casa.

Esto fue el mesmo año que nuestro victorioso Emperador en esta insigne ciudad de Toledo entró, y tuvo en ella Cortes, [346] y se hicieron grandes regocijos, como Vuestra Merced habrá oído. Pues en este tiempo estaba en mi prosperidad y en la cumbre de toda buena fortuna. [347]

[346] *Vid.* Introduc., p. 10.
[347] Alcalá añade: "De lo que de aquí adelante me suscediere, avisaré a Vuestra Merced", que era la fórmula habitual del cierre de las cartas de relación. *Cf. Viaje a España del Rey don Sebastián* (ed. A. Rodríguez-Moñino, Valencia, 1956, p. 117): "Y porque de lo que adelante pasare avisaré a Vm., no diré más".

87.5: *y a* las *AB*. Errata subsanada por *C*.

93.4: Parece una errata del arquetipo *x* por "algunas *noches*", que era el exigido en la correlación "otras veces,
de día". No creo que se trate de una elisión irónica.

94.13: ni de un fraile *AC*.

97.24: traya *B*. Parece un error de *B* por *trayā*.

97.26: muelas *AC*.

98.2: cojed *A*. Con seguridad *X* e *Y* leían como *BC*. Puede
tratarse de una errata del arquetipo corregida independientemente por *A* en *cojed* ('coged') —siempre transcrito
en *ABC* con -g-—; o bien se trata de una deficiente
transcripción de -ç-, de *coced*. La frase se interpretaría
en este caso: "Coced tal hierba, tomad ['comed'] tal
raíz" (cf. el mismo caso en Lope de Rueda [*Eufemia,*
ed. González Ollé, Biblioteca Anaya, 82, p. 64]: "Dé-
jeme vuesa merced llegar a ese pailón ['vasija'] de *cosser*
['cocer'] meloja"). El trueque de sibilantes se producía
desde luego en palabras del tipo *celosía | gelosía* o *ti-
seras | tijeras* —como señalan Cavaliere, Jones, Rico y
Caso entre otros—, pero es anormal en una palabra de
uso común bien transcrita siempre en los tres textos con
-g-. Por consiguiente, si se edita *cosed* debe entenderse
por *coced*; si por *coged,* debe corregirse la errata 'cosed'
e imprimir *coged*. En este caso la acepción de *tomad*
sería la de 'coged'.

98.19-21: y su candado y llave, y al meter de las cosas y
sacallas era con tanta vigilancia y tan por contadero,
que no bastara todo el mundo *AC*.

104.8: muy dura *B*.

106.24: [y] *B*.

108.5: [a] *AC*.

108.8: [Y] *AC*.

109.6: contaba *AC*.

110.12: [un] *AC*.

111.22: díxele *AC*.

111.26: [de] *nos AC*.

112.15: dexéle *B*.

112.16: tomé *B*.

115.8: la *cocía AC*. La lectura de *B* es *difficilior*.

115.20: pudiera *AC*.

116.4: concha *A*. / concheta *C*. / corneta *B*. En *X* e *Y* se leía sin duda *corneta*. *A* y *C* corrigen por su cuenta la presunta errata. No parece haber existido nunca una acepción de la voz *corneta* aplicada al objeto con que se recoge la limosna en el Ofertorio. En francés se documenta la voz *cornette* con la acepción de 'muceta' utilizada por doctores en derecho, profesores, etc. Comenta Caso: "en este sentido habría que estudiar si la palabra se aplicó también en España en el siglo XVI al bonete eclesiástico o a alguna prenda semejante, y si se usaba al ofertorio para la presentación de la ofrenda" (p. 85, n. 15). Es posible que esta bandeja estuviera fabricada de cuerno y de ahí el uso de la voz en *B* (y en *X* e *Y*). Ninguna de las dos acepciones se documenta, sin embargo, en castellano. Los editores modernos siguen habitualmente *concheta,* a excepción de Caso que prefiere *concha* por haber aparecido poco antes y por ser forma seguida por *A*. Si la lección de *X* e *Y* (*corneta*) es un error, se debe corregir con *concha,* no por aparecer en *A*, cuyo testimonio aislado no tiene valor, sino porque es más fácil explicar el paso de una forma manuscrita *concha* a *corneta* a través de una lectura * *concha* o * *concta*; aunque tampoco es imposible el * *cōcheta* a *corneta*. En todo caso, las lecturas de *C* y *A* carecen de valor. El haber aparecido anteriormente la forma *concha* favorece la corrección *concha*.

117.4: serían *AC*. No es imposible un error de *B* por *seriā*.

118.9: arte *BC*. / arcaz *A*. En *X* e *Y* se leía *arte* que podría interpretarse 'manera, guisa', pero parece muy improbable por el "alguna que le haga", que se refiere al arca. El *Tesoro de las tres lenguas* (Géneve, 1671), p. 67a, da a la voz *arte* la acepción de "un coffre à mettre le pain et autres choses à manger", aunque es muy posible que tomara la palabra del propio *Lazarillo*. Creo que se trata de un error claro de *X* e *Y* que debe corregirse por *arca* y no *arcaz*, puesto que de un *arca* manuscrito se puede pasar con mayor facilidad a *arte*.

118.11: algunas *BC*. Parece error claro de *X* e *Y*, que *A* corrige por propia iniciativa. J. Caso comenta: "¿no podría tratarse de una forma dialectal con valor de singular y plural? Desde luego, no tengo ningún dato en tal sentido" (p. 88, n. 35).

119.1: llegar *AC*.

119.21: [la] puerta *AC*.

121.1: [a] *B*.

121.18: [las] *AC*.

121.30: cierrase *B*. Parece una errata clara y no una forma diptongada anómala.

123.11: al diablo *AC*. Podría ser, no obstante, un error de *B* por atracción del *'los* ratones' que aparece a continuación.

123.19: yo era *AC*.

123.26: y *en AC*.

125.3: [y] *B*. Errata evidente de *B*.

125.15: o el culebro *AC*.

125.26: estorbase *AC*.

126.20: [un] *AC*.

127.11: La lectura de todos los textos y editores modernos es *tuve*; aunque se documenta la construcción 'tener + día' con la acepción de 'pasar', no sé hasta qué punto es admisible en un contexto como éste. Cabe sospechar una errata por "*los (e)stuve*" que corresponde a la traducción literal del pasaje de Jonás —*erat*— o San Mateo —*fuit*—. *Vid.* nota correspondiente.

128.4: remediar *B*. La lección de *AC* es *difficilior*, pero en este caso el verbo deja de funcionar como pronominal. *Vid.* p. 98, n. 57.

128.15: tórnase *B*. / se tornó *A*. / se torna *C*. En *Y* se leía con seguridad *se torna*. Parece un error de *B* por atracción del 'santiguándo*se*' aparecido antes, por lo que sigo a *Y*, representado por *C*.

130.19: llevó *B*.

131.11: parescía *AC*. Error por atracción de *tenía* y de *ponía* que aparecen antes y después.

132.4: *que* aunque *no B*. Puede ser un error de *B* por atracción de *aunque* que aparece dos líneas después. Sin embargo, no debe desecharse una corrección de *Y*, puesto que *aunque* con la acepción de 'aún' está perfectamente documentado. *Vid.* F. Rico, *NPE*, p. 44, n. 13 y las adiciones a *NPE*[2].

132.20: [le dije] *B*. Podría tratarse de una introducción de diálogo sin verbo 'dicendi', no infrecuente en textos de la época, pero sí desusado en el *Lazarillo*.

132.24: hasta *AC*.

133.21: [Y mi amo] *AC*.

134.25: [el] *color B*.

135.2: veniendo *AC*. La lección de *AC* podría incluso ser la auténtica, puesto que es más fácil el paso de un *veniēdo* a un *venido* que al contrario.

135.19: [con] *B*.

136.2: [y] *sayo AC*.

136.3: vístese[me] *B*. La lección de *AC* es *difficilior*.

136.4: púsose *AC*. Parece una atracción del *peinóse* anterior.

137.1: Alarcos *A*. Ya, desde 1493, el condado de Arcos pasó a ducado. Por esta razón, Alcalá corrige en 'conde Alarcos', personaje del romancero. Morel-Fatio enmendó en 'Conde Claros', cuyo camarero le daba de vestir en el conocido romance "Media noche era por filo", porque el conde Alarcos no se presentaba en situación alguna que pudiera relacionarse con el texto del *Lazarillo*. Sobre los distintos criterios de los editores puede consultarse Cavaliere (pp. 42-43) y la nota de Caso (p. 109, n. 54). Es indudable que en *X* e *Y* se leía *conde de Arcos* que puede ser un lapso del autor —por *duque*—, o una mala lectura de *X*, cuyo cajista probablemente no entendía gran cosa de títulos nobiliarios, pues es fácil el paso de *duq̄de* a *cōdede* en la grafía de la época; o sencillamente, puede tratarse de una frase ponderativa aplicada al antiguo conde de Arcos. A esto último, el carácter popular de la frase, se opone el que *A* la cambie. Pudo en fin, tratarse de una errata por conde Alarcos (conde alarcos > conde d'arcos > con de Arcos), pero la corrección de *A* carece por completo de valor, y además, el contexto exige la ponderación con un personaje auténtico de la nobleza española, y no tradicional como serían Alarcos o Claros.

137.7: aun[que] *B*. Parece error de B; no obstante, la forma
aún con valor de 'aunque' está bien documentada. *Vid.*
F. Rico, *NPE*, p. 49, n. 34 y adiciones a *NPE*².

137.12: [sin comer] *AC*.

137.14: [una] *AC*.

137.20: sufrirían *AC*.

137.22: [y otras muchas] *AC*.

138.1: [Y como lo vi trasponer] *AC*.

138.18: [estaba] *AC*.

139.4: bien era *AC*.

139.27: entro *B*.

140.6: a lo cual *AC*. La lectura de B se refiere a *la halda*,
pero podría ser una errata.

140.18: como *B*.

141.1: que aquel *A*. / quel *C*. La lección de *B* podría entenderse por *a que él*.

141.10: vea *A*. / vee *C*. La lectura correcta es la de *B*. En
Y se leía, claro está, *vea*.

141.31: si no hubiere hoy *A*. / si no hubiera hoy *C*.

142.12: no sólo [no] *BC*. Es error claro del arquetipo, que
A corrige acertadamente.

142.22: hecha *AC*.

142.28: aquéste es de *AC*.

144.4: moradores della *AC*. Podría tratarse de un olvido
de *B*.

144.6: hablaua *B*.

144.9: que ellas tenían *A*. / que les traían *C*. Sin duda, *Y*
leía como *B*, cuya lectura es inteligible pero extraña;
buena prueba de ello son las correcciones de *A* y *C*. De
existir un error en *X*, la corrección más apropiada es
la de *C* que explica el paso de *traiā* a *traia*.

144.14: los *estuvimos AC*.

144.18: tocaba *AC*. Por atracción de *tomaba*.

144.20: [los dientes] *AC*. Puede tratarse de un olvido de
AC; sin embargo, su lectura, al mantener la perífrasis,
se adapta mejor al estilo del *Lazarillo*. Es quizá la única
variante con valor estilístico. Si se acepta la lección de
AC, deberemos admitir que *B* no es un texto tan desaliñado como se supone y que algunas variantes, como las
de la p. 154, pueden ser añadidos del impresor.

145.3: *deseo* [que] *AC*.

145.10: [dio]. *AC*. Error evidente.

146.5: venía *AC*.

146.5: [a] *par AC*.

146.6: [su] *B*. No parece un añadido de *AC* puesto que el sentido de *B* era suficientemente claro.

147.6: el *aldaba AC*.

148.4: [no] *quitárselo AC*. Caso edita la lección de *AC* pero suprime la entonación interrogativa que es, a mi entender, exigida por el contexto.

148.15: hágote *AC*. Posible atracción de *vótote* que aparece más tarde.

149.14: poner en él *AC*.

149.11: *buena* maña *B*. Lo más probable es que en *X* se leyera *maña*, que puede ser una mala resolución de la abreviatura manuscrita de la voz 'manera'. De todas formas, la palabra *maña* con la acepción de 'manera' está documentada en numerosos casos. *Vid*. F. Rico, *NPE*, p. 6, n. 85.

150.8: docientas mil *A*. | docientos mil *C*. Como revela la lección de *A*, en *Y* se comete el olvido *veces*, subsanado por *C*.

150.17: a estos *AC*.

151.2-3: y lo más cierto *A*. | y las más ciertas *C*. Con seguridad *Y* leía y *las más más ciertas*, como se deduce de las lecturas de *A* y *C*.

151.5: librado *AC*.

151.6: [un] *hombre AC*. Podría ser un error de *B* provocado por '*un* sudado', '*un* señor'.

151.12: Algunos editores imprimen "reílle ya", como adverbio. Creo que es preferible, por ser más normal, la forma futura, transcrita con frecuencia en la época con y ("reílle ýa"). La presencia del adverbio carece de sentido.

151.18: él lo *AC*. Por atracción de '*él* no había', o para evitar la ambigüedad.

151.20: alguno *AC*.

152.13: [en dos] *AC*.

153.13: les *AC*.

153.14: desque *AC*.

154.9: [y infinitas] *AC*.

154.12: [me] *B*.

154.13: [todo] *AC*.

154.26: les *dije AC*.

154.26: [yo] *AC*.

155.10: y aunque *AC*. Es claro error que destruye el sentido del pasaje.

155.12: bien se empleaba *ABC*. Así en todos los editores, que no anotan el sentido de la frase, cuyo sujeto, en este caso, sería 'el pecador alfamar'. El sentido del pasaje, por fuerza, debe ser: "creo yo que el pecador alfamar pagara por todos. Y bien se le estaba pues se andaba alquilando cuando ya era viejo [como una prostituta o una mula de alquiler]". Así la construcción "*bien se empleaba*" era una frase hecha como *bien se le emplea* que *Autoridades* explica: "modo de hablar que equivale a *con razón le sucede* o *bien merecido lo tiene*". Pero no he podido documentar la construcción sin *le*. Podría tratarse de una errata del arquetipo, subsanada por Velasco, puesto que más adelante (p. 163) aparece correctamente: "*Bien se le emplea, pues* levantaba tan falso testimonio".

155.17: podía *AC*.

158.10: [que] *nadie AC*.

159.12: y *AC*.

160.17: [de] *desembarazar B*.

160.22: [que] *eran AC*.

160.25: *llevar* al *AC*.

161.5: atrás *AC*.

161.16: quisierdes *AC*.

161.30: al *alguacil AC*.

162.7: más hay *AC*.

162.19: [y] *C*. Comenta Caso: "Creo, con Cavaliere, que sobra la copulativa, y que, por tanto, debe considerarse como una errata corregida por el arquetipo *a*" (p. 135, n. 25). Desde luego, la presencia de *y* rompe la subordinación exigida, pero la corrección de *C* no posee valor alguno.

164.3: alrededor *AC*.

164.12: aquí *muy AC*. Error claro de *Y*.

165.8: [y] *confesó AC*.

165.11: recibía *AC*.

165.21: alrededores *AC*.

165.23: se *hizo AC*.

165.24: [era] *B*.

165.25-26: que a mi *B*.

169.14: deben de *AC*.

170.14: un buen asno *AC*. Por atracción de '*buen* mozuelo'.

176.19: mi amigo *AC*. Por atracción de 'por *mi* amigo', que aparece a continuación.

176.26: y quien *AC*.

177.5: regocijos y fiestas *AC*. Podría tratarse de un olvido de *B*, puesto que el autor tiende a los grupos binarios sinónimos.

EL EDITOR

ALBERTO BLECUA

(Zaragoza, 1941) es Profesor de la Universidad Autónoma de Barcelona. Ha publicado artículos y trabajos sobre Cervantes, los libros de caballerías, la picaresca y la transmisión de la lírica en los Siglos de Oro, entre otros temas. Además de su famoso *Manual de crítica textual* (Castalia), cuenta con un libro sobre los problemas textuales de Garcilaso (*En el texto de Garcilaso*) y otro sobre *La transmisión textual de «El Conde Lucanor»*. Ha preparado ediciones de *Las seiscientas apotegmas de* Juan Rufo, el *Lazarillo*, el *Libro de buen amor*, *Peribáñez*, *Fuente Ovejuna*…, así como de textos más modernos como *El trovador* de García Gutiérrez o el *Don Álvaro* del Duque de Rivas. En los últimos años impulsa una investigación, con el equipo PROLOPE de la Universidad Autónoma de Barcelona, que tiene como objetivo la publicación de las obras dramáticas de Lope de Vega y del *Anuario Lope de Vega*.

ESTE LIBRO
SE TERMINÓ
DE IMPRIMIR EL DÍA
27 DE DICIEMBRE DE 2016